KB111691

열사의 왕국

칠흑의 프린스

칠흑의 프린스

초판 1쇄 찍은 날 | 2014년 6월 1일
초판 1쇄 펴낸 날 | 2014년 6월 10일

지은이 | 유리아 히로코
그린이 | 히메츠카 시나
옮긴이 | 김채환
펴낸이 | 예경원

편집책임 | 박우진
편집 | 오아현

펴낸곳 | 예원북스
등록번호 | 제396-2012-000132호
등록일자 | 2012. 7. 25
YRN | 제4-0002호

주소 | 경기도 고양시 일산동구 무궁화로 8-28 삼성메르헨하우스 712호 (우) 410-837
전화 | 031-819-9431 팩스 | 031-817-9432
http://blog.naver.com/ainandfin
E-mail | ainandfin@naver.com

ISBN 979-11-5630-857-7 02830

유리아 히로코 글 ― 히메츠카 시나 그림 ― 김채환 옮김

FIN PREMIUM SERIES

열사의 왕국

칠흑의 프린스

Fin

*이 이야기는 픽션으로, 이야기에 등장하는 인물·단체·사건은 현실과는 무관합니다.

FIN PREMIUM SERIES

1화
칠흑의 남자

사막을 내리쬐는 햇볕은 인간의 무력함을 일깨우려고 작정한 듯 무자비했다.

끝없이 펼쳐지는 금빛 벌판과 새파란 하늘.

그 아래에서 삼백육십 도로 한 바퀴 팽그르르 돌면 마치 이 지구상에 나 혼자만 존재하는 것 같은 착각에 빠진다.

아무리 눈에 힘을 주고 찾아보아도 지평선 위에는 아무것도 보이지 않는다.

설사 무언가가 보였다 해도 그게 실물인지 열기가 만들어낸 환상인지 확신할 수 없다.

마츠야마 케이(松山慶)는 그런 사막 한가운데 홀로 서 있었다.

소지품이라곤 목에 건 DSLR이 전부.

스물다섯 살이라는 나이에 비해 해외경험이 풍부한 케이는 사막 한가운데에 아무 준비도 없이 나선다는 게 어떤 건지 잘 안다.

설령 여행에 대한 경험이 없어도 DSLR 하나 달랑 들고 사막으로 나서는 바보는 없다.

그럼에도 불구하고 그가 태평양 한가운데 둥둥 떠다니는 고깃배와 같은 신세가 된 데에는 이유가 있다.

그가 사막 사진을 찍는 사이, 현지 가이드를 맡긴 남자가 지프에 있던 그의 짐 가방만 모시고 홀랑 튀어버린 것이다.

그나마 천만다행인 건 혹시나 해서 여권을 포켓 벨트 안에 넣어 따로 소지하고 있었다는 거다.

그러나 채 오 분도 지나지 않아 천만다행이라고 생각했던 그 일은 케이의 머릿속에서 까맣게 잊히고 말았다.

그의 앞에 또 다른 최악의 상황이 펼쳐진 것이다.

마츠야마 케이는 눈을 의심했다.

새까만 민족의상을 걸친 한 남자가 흑마를 타고 그를 내려다보고 있었다.

오싹했다. 더위를 잊을 만큼이나.

열사의 뜨거운 햇빛을 가리는 검은색 천을 쓰고 금색 머리띠로 고정한, 아랍 특유의 복장을 한 남자였다.

길게 늘어진 두건 한쪽을 머리띠에 걸어 입가를 가려 얼굴은 거의 보이지 않았다.

검은 천 사이로 보이는 갈색 피부를 비롯해 모든 것이 칠흑같이 까만 남자였다.

케이를 향하는 눈동자가 매의 눈처럼 날카롭게 빛났다.

"여기서 뭘 하고 있지?"

위압감이 감도는 목소리로 남자가 나직하게 물었다.

영어라면 듣는 데에는 그럭저럭 자신이 있는 케이지만 지금은 상황이 상황인지라 상대의 말을 얼른 알아듣지 못했다.

"정체가 뭐냐."

땅을 울리는 낮은 음성으로 그가 재차 물었다.

정체……? 케이야말로 남자의 정체가 뭔지 묻고 싶었다.

그러나 케이는 질문을 목구멍 안으로 꿀꺽 삼켰다.

묻는다고 정직하게 답해줄 것 같지도 않았고 무엇보다 그의 말투와 태도가 이 지독하게 따가운 햇살만큼이나 공격적이었기 때문이다.

"난 일본에서 온 관광객입니다. 사진을 찍으러 왔어요."

말하는 김에, 목적지에 도착하기도 전에 당신이 나타나는 바람에 가이드가 겁을 집어먹고 줄행랑을 친 것 같다는 말도 덧붙이고 싶었다.

차마 그러지 못했던 건 듣는 것에 비해 현저히 떨어지는 회화 실력 탓이었다.

하고자 하는 얘기를 천천히 풀어 나가기에 영어 실력이 부족하기도 했지만, 무엇보다 입이 바싹 말라 혀가 제대로 움직이질 않았다.

검은 남자는 말 위에서 꼼짝도 하지 않고 앉아 케이를 노려보기만 했다. 태양 빛을 등에 진 그의 주변에 검은 아우라가 물결치는 것 같은 착각이 일었다.

그의 눈에서 송곳날처럼 예리한 안광이 쏟아졌다.

머릿속이 울리며 이 세상에 존재하는 모든 소리가 사라진 것 같은 무거운 침묵이 내려앉았다.

오후의 사막이 바람과 함께 그 모든 소리를 흡수하는 것만 같았다.

남자가 고삐를 잡아당기자 흑마는 이삼 보 앞으로 나아가며 코에서 더운 김을 뿜어냈다.

케이는 그 소리에 다소나마 안도감을 느꼈다.

더위에 지쳐 귀가 꽉 막혀 버린 건 아닌지 걱정이 되던 참이었다.

그나저나 관광객이라고 했는데 저렇게 죽일 듯이 노려보는 이유가 뭘까.

케이는 자신이 위험한 사람이 아니라는 걸 증명하기 위해 목에서 카메라를 풀고 모래방지용 비닐을 씌워놓은 카메라를 번쩍 치켜들었다.

그러자 남자는 허리에 차고 있던 두툼한 채찍을 손에 쥐더

니 순식간에 카메라를 감아 끌어올렸다.

동작이 어찌나 유연하고 민첩한지 케이가 상황을 인지할 새도 없었다.

"네놈은 어디서 뭘 찍으려고 한 거지?"

그는 카메라를 슬쩍 보고는 음산하게 물었다.

채찍으로 카메라를 빼앗아 그것을 손으로 잡은 뒤 다시 질문을 던지는 동안에도 그는 케이에게서 단 일 초도 시선을 떼지 않았다.

사람을 저절로 벙어리로 만들 만큼 강력한 힘을 발휘하는 눈이었다.

자신이 제대로 입도 벙긋 못하고 있는 것도, 사막이 이토록 적막한 것도, 틀림없이 남자의 저 서슬 퍼런 눈빛 탓이라고 케이는 생각했다.

"나는 그저 이 근처에 있는 동물보호구역에 가서 동물 사진을 찍으려고……."

떨리는 음성으로 간신히 대답하자 남자의 눈이 낯선 이를 보는 눈에서 적을 보는 눈으로 돌변했다.

그는 상대의 밑바닥까지 꿰뚫어볼 만큼 강력한 눈빛으로 케이를 쏘아보았다. 말에서 내린 그는 채찍을 휘둘러 카메라를 모래 바닥에 처박고는 케이의 눈앞까지 바싹 다가와 섰다.

"네놈도 광산의 보석을 노리고 왔나?!"

보, 보석?!

밑도 끝도 없이 무슨 보석?

신변의 위협을 느낀 케이는 부들부들 몸을 떨기 시작했다.

멀고 먼 사막 한가운데서 정체도 모르는 시커먼 놈한테 살해당하고 마는 걸까.

광산이고 보석이고 처음 듣는 소리라고 호소하고 싶었지만 이빨이 딱딱 부딪치는 통에 한마디도 할 수가 없었다.

말에 타고 있을 때도 태산처럼 거대해 보였던 남자는 제 발로 서 있어도 장대하기 짝이 없었다.

그가 만들어내는 그림자는 케이의 몸을 충분히 뒤덮고도 남을 만큼 거대했고, 어깨는 떡 벌어졌으며 상의 위로 가슴 근육이 오롯이 드러났다.

안에 입은 옷이 희미하게 비치는 검은색 외투 사이로 허리에 끼운 금색 단검이 불길하게 번쩍였다.

저것이 이 지방의 복장이며 단검도 딱히 공격용은 아니라는 것은 일본인인 케이도 잘 알고 있었다.

그런데도 그 단검이 당장에라도 자신의 목숨을 앗아갈 것만 같아서 무릎이 후들거렸다.

"보석인지 뭔지 나는 모르는 얘기야! 난 일본인이다! 날 죽이면 국제적으로 심각한 문제가……."

간신히 목소리를 쥐어 짜내며 케이는 여권을 꺼내려고 허리띠로 손을 가져갔다.

그의 운이 다하는 순간이었다.

남자는 케이가 허리에 손을 대기도 전에 그의 복부를 걷어 찼다.

케이는 복부로 찔러 들어오는 격통에 오열했다.

출발 전에 먹었던 음식물이 식도를 타고 역류하고 내장의 위치가 뒤바뀌는 것만 같았다.

서서히 의식이 멀어지며 다리에서 힘이 풀렸고, 시야는 이 내 캄캄하게 변했다.

경솔했어.

내가 무기를 꺼내는 줄 알았나 봐…….

여행 초짜도 아닌데 어쩌다가 그런 초보적인 실수를 저지 른 걸까.

멀어지는 의식 속에서 케이는 눈물이 나도록 후회했다.

*   *   *

나뭇결이 생생하게 살아 있는 천장이 시야에 잡혔다.

아니, 천장이 아니다.

이곳은 천막이다.

정신을 잃은 사이 이곳으로 끌려온 게 분명하다.

케이는 몸을 일으켜 천막 안을 둘러보았다. 누워서 봤을 때보다 내부가 훨씬 컸다.

이 지역의 전통 문양을 짜 넣은 올리브그린색 천으로 사방을 둘러싼 천막이었다.

바닥에는 촉감 좋은 벨벳으로 만든 빨간 양탄자가 넓게 깔려 있었다.

정면에는 낙타 가죽을 깐 좌대가 떡하니 자리잡고 있었다. 신분이 높은 자가 앉는 모양인지 깔아놓은 방석이나 쿠션이 하나같이 고급스러워 보였다.

그 주위를 네 개의 기둥이 둘러싸 우뚝 서 있었고 뚜껑만 닫으면 손쉽게 운반이 가능할 듯한 문갑에는 민족 의상이 차곡차곡 개켜져 있었다.

좌대 너머에는 휘황찬란한 금색 검이 미술품처럼 놓여 있었다. 보석을 있는 대로 박아 넣은 걸 보면 실전에서는 결단코 쓰일 일이 없을 듯했다.

잠깐, 내가 설마 도적떼한테 붙들린 건가?

케이가 중동에 위치한 아즈할 왕국에 도착한 건 사흘 전이다.

중학교 시절부터 사진이 취미였던 케이는 출판사에 다니는 고등학교 선배의 소개로 이따금 해외로 출사를 다니곤 했다.

어려서부터 동물을 좋아했기 때문에 수의사가 되려고 수의학과를 졸업한 후 국가시험에 패스해 수의사 자격증을 따냈지만, 이어지는 불황 속에서 취직자리를 찾기란 하늘의 별 따기였다.

목구멍이 포도청인지라 구직 활동만 하고 살 수는 없었던 케이에게 선배는 크고 작은 일감을 던져 주었다.

편의점 아르바이트만으로는 입에 풀칠하기도 빠듯했고 비교적 시간에 여유가 있기도 했지만, 무엇보다 케이는 해외 출사 일이 썩 마음에 들었다.

출판사에서 경비를 통째로 책임져준다는데 거절할 이유가 없었다.

이번 일도 마찬가지였다. 제법 벌이가 될 테니 중동에 가서 사막과 야생동물 사진을 찍어 오지 않겠냐는 선배의 제안을 케이는 냉큼 받아들였다.

그런데 난데없이 이런 봉변을 당한 것이다.

한숨이 절로 나왔다.

여기 오기 전까지만 해도 야생동물의 생생한 표정을 보게 생겼다며 얼마나 들떴는지 모른다.

요즘 트렌드인 관광지는 아니지만 이 나라가 관리하는 동물보호구역은 케이와 같은 동물애호가들에게는 꿈의 나라로 통했다.

불현듯 그 시커먼 남자가 했던 말이 떠올랐다.

「네놈도 광산의 보석을 노리고 왔나?!」

설마 결백을 증명하지 못해 여기서 비명횡사하는 건 아니겠지.

설마하면서도 얼음물에 빠진 것처럼 온몸이 오싹해졌다.

그때 천막 한쪽이 펄럭이더니 짙은 오렌지색 빛이 어슴푸레한 천막 안으로 비집고 들어왔다.

"정신 차렸나."

사막에서 만난 칠흑같이 시커먼 남자가 서 있었다.

겁에 질린 케이가 뒷걸음질 치자 그는 천막 안으로 성큼성큼 들어왔다.

그가 모피를 산더미처럼 쌓은 좌대 위에 앉자 부하로 보이는 자들이 그의 뒤를 따라 들어왔다.

남자가 손을 까딱거리자 케이는 사슴처럼 오돌오돌 떨면서도 명령이라도 받은 것처럼 순순히 그자의 맞은편에 앉았다.

역시 저자는 도적떼의 우두머리가 분명하다.

부하 중 한 사람이 케이의 뒤에 서서 검 손잡이에 손을 얹고 섬뜩한 눈빛을 보냈다.

남자는 입가를 가렸던 천을 내려 얼굴을 드러냈다.

"케이 마츠야마. 일본인이라는 건 사실이더군."

남자는 가슴 안쪽에서 자주색 여권을 꺼내 케이를 향해 살짝 흔들었다.

"아까 내가 그랬잖아! 남의 말을 뭘로 듣고!"

"무례하다!"

뒤에 서 있던 부하가 벼락같이 검을 빼 들고 검 끝으로 케이의 가슴을 겨누었다.

식은땀이 등골을 타고 내렸고 목구멍에서 들릴 듯 말 듯한 비명이 새어 나왔다.

그만, 하고 남자가 한쪽 손을 들어 올리자 부하는 검을 거두었다.

"나는 아즈할 왕국의 차기 국왕 자팔 아사드 바실이다. 네놈의 신발바닥에 묻은 모래 한 알까지도 모조리 이 나의 것이지."

남자는 짙은 눈썹에 둘러싸인 눈을 가늘게 뜨며 말했다.

차기 국왕? 그럼 현 국왕의 아들이라는 말인가?

"네놈은 본인이 관광객이라고 주장하지만 그렇다고 보기엔 카메라가 너무 고가야. 지금이라도 늦지 않았다. 사실을 말해."

자팔이라는 남자의 얼굴에 잔인한 미소가 번졌다.

축축한 땀이 등줄기를 타고 내려갔다.

"관광객이 DSLR을 갖고 다니면 안 되나?!"

"그럼 혹시 우리 왕국에서 악질적인 정보를 손에 넣어 해외에 팔아넘기는 저널리스트?"

그의 음성이 한층 낮아지며 더욱 위협적으로 변했다.

"나는 그저 동물을 찍으러 온 것뿐이야! 아무리 왕자라 해도 남의 나라 사람한테 이래도 되나? 차기 국왕인지 뭔지는 모르지만!"

작심하고 허세를 부린 거였지만 말하다 보니 선을 넘어버린 것 같아 케이는 아차 싶었다.

스르릉―

아나나 다를까, 뒤에 선 부하가 다시 검을 빼 드는 소리가 들렸다.

자팔의 입에서 쿡쿡쿡, 하는 웃음소리가 스며 나왔다.

"이봐, 케이. 넌 내가 두렵지 않나?"

웃음소리가 잦아들 즈음, 그는 케이의 바로 앞까지 다가와 있었다.

그가 케이의 앞에서 한쪽 다리를 세우고 앉더니 찌를 듯한 눈빛으로 케이를 응시했다.

"나한테 네놈처럼 말하는 놈은 처음이다."

음흉하게 한쪽 눈을 치켜뜨며 자팔은 케이의 셔츠를 확 찢어버렸다.

상대의 예상치 못했던 행동에 케이는 사시나무처럼 몸을 떨기 시작했다.

"나를 향한 무례한 태도, 반항적인 눈빛… 이 새하얀 피부……. 모두 마음에 들었다."

자팔의 큼지막한 손이 케이의 심장 위에서 멈추었다.

"그런데 말이야, 너무 무지한 게 흠이야."

이제 정말… 죽는 건가……?

"내가 친히 고문해서 그 무지함을 떨쳐 주지."

턱이 덜덜 떨리며 이가 부딪치는 소리가 들렸다.

자팔은 그런 케이의 반응이 꽤나 흡족한지 크크크, 하고 야비하게 웃었다.

"꼭 고통을 주는 것만이 고문은 아니지. 네놈을 음옥(淫獄)과도 같은 저 쾌락의 밑바닥으로 보내주겠다."

케이는 왕자의 말이 사실이 아니기를 간절히 바랐다.

2화
저항하라, 울부짖어라

놀랄 틈도 없이 자팔은 케이의 몸을 제압했다.

그는 눈 깜짝할 사이에 찢어진 셔츠로 케이의 양팔을 묶어 기둥에 감아버렸다.

"뭐하는 짓이야!"

자팔이 훤히 드러난 상체를 쓰다듬자 케이는 악을 쓰며 저항했다.

턱을 들고 자팔을 잡아먹을 듯이 노려보자 부하들이 신속한 동작으로 검을 겨누었다.

"얌전히 있어!"

전광석화처럼 날아든 검들이 케이의 코앞에서 정지했다.

케이가 움찔하며 몸을 움츠리자 자팔이 성가시다는 듯 한쪽 눈을 찡그리며 손등으로 부하들의 검을 밀어냈다.

"일일이 시끄럽게 굴지 마라."

우렁찬 대답과 함께 부하들이 검을 거두었다.

"다들 물러나."

자팔이 파리라도 쫓아내는 것처럼 손을 흔들자 부하들은 가슴에 손을 얹고 천막 밖으로 나갔다.

"저놈들이 한 말은 잊어버려."

그들이 바깥으로 나가는 사이 어떻게든 빠져나가기 위해 틈을 엿보던 케이는 자팔에게 턱을 붙들려 그의 눈과 정면으로 마주쳤다.

"얌전히 있을 필요 없어. 오히려 그 반대야. 마음껏 저항하라고."

뭐라는 거야…….

케이가 눈에 힘을 잔뜩 주고 노려보자 자팔은 눈을 가느다랗게 뜨며 히죽 웃었다.

저항하라고? 사람을 옴짝달싹 못하게 묶어놓고 저항하라고?

자팔은 머리카락을 쓸어 올리며 금색 띠와 두건을 걷어냈다.

매끈하고 팽팽한 갈색 피부가 드러났다.

쇄골에 드리워진 부드러운 흑발은 여느 사막의 사나이들

과는 달리 매끄러워 보였다.

얼굴에 그림자를 드리우는 조각 같은 이목구비, 까맣고 풍성한 속눈썹. 그 아래로 보이는 새까만 눈이 케이를 빨아들일 듯이 응시했다.

그의 눈을 마주하고 있노라니 저절로 입이 다물어졌다.

호화스럽기 그지없는 천막을 둘러보면서 케이는 도적떼한테 붙잡힌 게 틀림없다고 생각했었다.

하지만 왕국의 후계자라는 말이 설령 거짓이라 해도 이 남자를 도적이라고 하기에는 여러모로 어폐가 있어 보였다.

자신감이 철철 흘러넘치는 그의 눈은 상대를 주눅 들게 만드는 힘을 가지고 있었다.

위풍당당한 풍모와 말투에는 명령하는 자만이 가질 수 있는 특유의 아우라가 풍겼다.

그리고 그 안에는 케이가 지금까지 경험해 본 적 없는 고귀함과 우아함이 있었다.

그는 타고난 왕족이다. 나와는 애초에 사는 세계가 다르다.

케이는 그런 생각이 들었다.

자말은 천천히 일어나 천막 안쪽에 놓인 문갑으로 향했다.

다시 돌아온 그는 케이의 정면에 걸터앉더니 다리가 달린 타원형 병을 내려놓았다.

병의 뚜껑을 열어 뒤집어 놓자 희미한 향이 느릿느릿 퍼져 나갔다.

자팔은 그 안에서 거무스름한 젤 같은 것을 콩알만큼 덜어내 손가락으로 짓이기고는 뚜껑 위에 올려놓았다. 그리고 허리띠에 달린 주머니에서 성냥을 꺼내 익숙한 동작으로 그 위에 불을 붙였다.

기품이 넘치는 그의 행동을 케이는 넋을 놓고 쳐다보았다.

"저들을 왜 물렀는지 혹시 아나?"

자팔은 성냥불을 끄며 의미심장한 눈빛으로 물었다.

"다섯 명이나 되는 장정을 한꺼번에 받아내면 몸이 남아나지 않을 것 같아서야. 자비를 베푼 거니까 감사히 생각해라."

"자비? 사람을 이렇게 묶어놓고 무슨 자비!"

케이가 아무리 성을 내도 자팔은 가소롭다는 얼굴로 입꼬리를 말아 올릴 뿐이었다.

케이는 왕자의 옆에서 은은한 향을 풍기는 병을 살펴보았다.

불을 붙인 향이 뿜어내는 강한 내음이 어느덧 주변을 에워싸고 있었다.

숨이 막히도록 강한 그 냄새를 들이마시자 머릿속에 희미한 막이 낀 것처럼 의식이 몽롱해졌다.

케이는 고개를 돌려 기둥에 묶인 팔에 코를 묻었다.

그러나 그 행위는 자팔에 의해 저지당했다.

자팔은 케이의 턱을 잡아 돌리고는 입을 막아버렸다.

"이 향을 마시는 게 좋을 거야."

입을 막혔으니 코로 숨을 쉬는 수밖에 없었다.

숨을 들이쉴 때마다 점점 더 짙어지는 향이 몸속으로 침투했다.

의식이 몽롱해지며 눈앞에 희뿌연 안개가 깔리는 것 같았다.

후각이 마비될 만큼 그 향에 취할 즈음, 케이의 몸 안에서 무언가가 피어오르기 시작했다.

저 고체향료에는 최면효과가 있나 보구나……. 그래서 왕자가 부하들을 물린 거야…….

아득해지는 의식 속에서도 케이는 이성을 잃지 않으려고 안간힘을 썼다.

케이는 자팔의 손을 떼어내기 위해 머리를 흔들며 다리로 그를 걷어찼다.

그러나 그 다리는 너무나 쉽게 그의 손에 잡히고 말았다.

"음옥에 떨어지는 고문이라고 했을 텐데."

왕자는 히죽 웃으며 케이의 허리띠를 끄른 뒤 나머지 옷들을 모두 벗겨냈다.

"하, 하지 마!"

훤히 드러난 케이의 중심부는 그의 의사와 상관없이 이미 부풀어 오르기 시작하고 있었다.

다리를 오므려 그것을 숨기려 했으나 자팔이 허벅지를 거칠게 움켜쥐며 양쪽으로 활짝 벌렸다.

그는 병에서 고체향료를 한 번 더 덜어냈다.

그것을 손가락에 잔뜩 묻히더니 일말의 망설임도 없이 손가락으로 케이의 점막 안을 뚫고 들어와 내부에 발랐다.

"만지지 마! 난 보석이고 광산이고 아무것도 모른다고 했잖아! 대체 왜 이래!"

"시치미 떼는 건가? 그럼 그러든지."

단단한 손가락이 점막 안을 뚫고 들어오자 케이는 난생 처음 느껴보는 이물감에 놀라 몸을 움츠렸다. 그 바람에 점막 안의 근육이 왕자의 손가락을 휘감으며 잡아당겼다.

수치심을 느끼면서도 고체향료를 바른 그곳에서 불길이 일어나는 건 막을 수가 없었다.

뭐지……? 이게 뭐야!

"얼마나 견디는지 두고 보지."

자팔은 악당처럼 웃으며 손가락을 빼더니 직립한 케이의 일부를 쓰다듬었다.

그 순간 전류가 흐른 것처럼 케이의 다리가 경련을 일으켰다.

"흐억……!"

자팔이 손가락에 남아 있던 고체향료를 케이의 일부에 펴바르자 열기를 넘어 찌릿찌릿한 통증이 느껴졌다.

통증 속에서 강렬한 쾌감이 고개를 쳐들기 시작했다.

"하, 하지 마……!"

건조하게 갈라진 케이의 음성이 달콤함으로 젖어들었다.

케이는 방금 자신의 입에서 흘러나온 소리에 소스라치며 어깨에 얼굴을 묻어버렸다.

그러자 자팔이 마뜩찮은 얼굴로 그의 턱을 원래대로 돌려놓았다.

"저항해! 울부짖으라고! 그래야 널 안았을 때의 정복감이 한결 더해지지 않겠나!!

자팔의 예리한 눈매가 야수의 그것처럼 번들거렸다.

케이는 끓어오르는 분노에 아랫입술을 깨물었다. 당장에라도 눈물이 터져 나올 것 같았지만 이를 악물고 참았다.

나는 아무 잘못도 하지 않았다. 발정 난 짐승 같은 왕자에게 이런 꼴을 당할 이유가 없어!

하지만 저항하면 저항할수록 놈을 기쁘게 해줄 뿐이다.

설사 양팔이 기둥에 묶여 있지 않더라도 케이는 이곳에서 달아나지 못한다.

여권은 물론이거니와 소지품도 모두 빼앗겨 버렸다. 셔츠도 갈가리 찢겼다. 그나마 무사한 바지를 입고 바깥으로 뛰쳐나가는데 성공한다 해도 이곳은 사막 한가운데다.

사막은 밤이 되면 털코트를 둘둘 말아야 할 만큼 기온이 떨어진다. 하물며 케이는 나침반도 없고 타고난 방향감각 따위도 없다.

"싫어! 저리가! 저리 가란 말이야!"

온 힘을 다해 몸부림을 치자 자팔이 코가 닿을 만큼 가까이 다가와 속삭였다.

"더 크게 소리 질러. 밖에 있는 부하들까지 듣고 즐길 수 있을 만큼 크게."

달아날 구멍은 없다. 자팔이라는 사내가 전부 빈틈없이 막아버렸다.

물리적으로도 정신적으로도 케이가 달아날 구멍은 없었다.

"내 말에 무조건 순종하는 여자들한테 슬슬 질려가던 참이었지. 네가 진실을 말하면 부드럽게 안아주마."

온몸을 들끓는 열기에 감정까지 고양되었는지 케이는 뻗치는 분노를 참지 못하고 왕자의 얼굴에 침을 뱉었다.

자팔은 한동안 얼떨떨한 표정으로 케이를 멍하니 응시했다.

잠시 후, 그는 너털웃음을 지으며 뺨에 묻은 타액을 손가락으로 닦아냈다.

"크크크. 어지간히 앙탈을 부리는군. 별수 없지."

왕자는 손가락 세 개를 뜨거워진 케이의 몸속으로 찔러 넣었다.

"흐아악……!"

고통은 삽시간에 쾌감으로 돌변했다.

불도저처럼 밀고 들어온 손가락은 케이의 몸속에서 긴장감을 몰아내기 위해 종횡무진 활약했다.

하지만 그런 거친 동작마저 고체향료를 발라놓은 케이의 몸에는 희열을 안겨주었다.

"아까 그 위세는 다 어디로 갔지! 나를 좀 더 흥분시켜 봐!"

"아악…… 안 돼애……!"

무의식중에 소리가 입을 뚫고 나가자 케이는 아랫입술을 꼭 깨물었다.

천막을 에워싸고 있을 왕자의 부하들에게 그런 소리를 들려주고 싶지는 않았다. 그가 현재 느끼는 수치심은 지금껏 살아오면서 간간히 경험했던 수치심과는 차원이 달랐다.

무엇보다 이 남자를 기쁘게 하고 싶지 않았다.

케이가 자신을 노려보자 자팔은 손가락을 빼고 그의 다리를 한껏 벌렸다.

웅장하게 솟은 그의 갈색 기둥을 본 순간, 케이는 격렬한 공포심에 사로잡혔다.

설마 저걸 내 안에 넣을 건 아니겠지! 아니, 그건 불가능해, 절대로!

"아, 안 돼!"

케이의 바람을 처참히 짓밟기로 작정한 듯, 자팔은 그의 몸을 한 번에 꿰뚫었다. 맹렬한 압박감과 통증에 케이의 눈에서 눈물이 흘러내렸다.

온몸이 찢겨 나가는 것 같은데도 자팔의 무정한 물건은 아찔한 통증 속에서도 쾌감을 부여했다.

"안 돼애애······!"

"입으로는 안 된다면서 나를 이토록 휘감아 당기는 건 무슨 조화지?"

자팔은 잔인한 웃음을 흘리며 허리를 뒤로 뺐다가 다시 난폭하게 밀어 넣었다.

"아아악······!"

점막 안을 자극하며 저 깊은 곳까지 찔러 들어오는 자극에 케이가 비명을 질렀다.

자팔은 그의 허리를 움켜쥐고 피스톤 운동을 시작했다.

자팔의 몸이 비좁은 동굴 안을 파고들 때마다 눈앞이 아찔해졌다.

"안에다 쏟아내 버리면 잠깐은 좋겠지. 죄를 인정하면 고통을 덜어주겠다."

내가 어떻게 하든 저 좋을 대로 할 거면서······!

케이가 눈물을 흘리며 고개를 가로젓자 왕자는 사냥감을 포획한 야수처럼 잔혹하게 미소 지었다.

"케이, 눈물을 흘리는 네 얼굴이 아주 마음에 든다. 이렇게 계속 눈물을 쏟으며 비명을 질러라."

분하다······. 분해서 참을 수가 없다.

케이는 속으로 실성한 사람처럼 소리쳤다.

그러나 몸은 그의 마음을 배신하며 절정으로 치닫고 있었다.

"하아아악……. 저리 가……!"

피부가 스치는 소리가 또렷이 들릴 만큼 자팔은 난폭하게 케이를 밀어붙였다.

케이는 어느새 수치심을 잊고 천막 바깥으로 새어 나갈 만큼 열띤 비명을 질러대고 있었다.

저 깊은 곳에서 시작된 잔잔한 파도는 점차 거대한 파도로 변해 케이를 집어삼킬 기세로 다가왔다.

케이는 정신을 잃을 것처럼 끊임없이 소리쳤다. 과도한 쾌감에 공포를 느끼면서도 그의 몸은 본능적으로 그것을 탐하고 있었다.

"아니야! 안 돼애애애!"

일순 눈앞이 새하얗게 변하며 벼락같은 절정이 케이의 몸을 덮쳤다.

잠시 후 정신을 차리고 보니 케이는 희뿌연 액체를 쏟아내고 있었다.

"크윽……."

자팔도 그에 자극을 받은 듯 케이의 몸속에 액체를 방출했다.

그의 한쪽 눈썹이 일그러졌다.

십대 시절부터 할렘을 소유했던 그가 상대의 반응에 이끌

려 절정을 맞이한 건 처음이었다.

자팔이 몸을 떼자 케이의 몸이 바닥에 축 늘어졌다.

땀에 젖어 촉촉하게 빛나는 그의 하얀 피부에는 천하의 자팔조차 난생 처음 접해보는 요염함이 깃들어 있었다.

"케이……."

"……만지…지 마……."

다 죽어가는 목소리로 그를 거부하며 케이는 눈을 감았다.

그 모습을 본 자팔은 안심하며 피식 웃었다.

3화
순백의 신사

후끈한 열기에 눈을 떠보니 온몸이 땀투성이다.

잠에서 깬 케이는 자신의 옆에 내팽개쳐진 담요를 흘깃 쳐다보았다. 덮고 자다가 걷어차 낸 모양이었다.

태양은 중천에 떠 있고 사막은 늘 그렇듯이 이글이글 불타고 있었다.

천막 안에는 아무도 없었다.

양팔은 자유를 되찾았지만 손목에는 그 감촉이 또렷이 남아 있었다.

강압적으로 자팔의 몸을 받아냈던 아릿한 감각과 아랫도리가 꽉 찬 느낌이 아직도 선연했다.

나한테 왜 이런 일이 생긴 거지……!

지독히 안하무인이었던 왕자에게 안겼던 것도 충격이지만 그 와중에 자신이 쾌락을 느꼈다는 것이 더욱 큰 충격이었다.

모든 게 그 고체향료 탓이다. 그 요물의 무자비한 효과에 넘어가 쾌락에 몸부림쳤던 게 분명하다.

결단코 스스로 원해서 그를 받아들인 게 아니다! 이 모든 사단의 원인은 그 자팔이라는 자 때문이다!

케이는 벌떡 일어나 화풀이 삼아 문갑에서 옷을 꺼내 바닥에 내팽개쳤다.

제일 위에 펼쳐진 마린블루색의 민족의상을 적당히 걸쳐 입은 그는 바닥에 굴러다니던 부츠를 신고 밖으로 나갔다.

왕자고 나발이고 흠씬 두들겨 줘야 속이 풀릴 것 같았다. 어차피 처형당하게 생겼는데 가슴에 한이나 남기지 말아야겠다는 생각뿐이었다.

천막을 나가자마자 또다른 으리으리한 천막이 떡하니 눈앞을 가로막았다. 유독 그곳에만 경비병들이 진을 치고 있는 걸 보니 왕자의 거처가 분명했다.

케이가 잰걸음으로 걸어가자 입구에 서 있던 경비가 창으로 그의 몸을 가로막았다.

경비가 아랍어를 마구 쏟아냈지만 케이는 그를 무시한 채 천막을 향해 고래고래 소리쳤다.

"야, 자팔! 당장 나와, 변태 놈아! 당장 나오라고!!"

"웬 소란이야?"

장막을 걷어내며 밖으로 나온 자팔은 어제와 마찬가지로 칠흑같이 검은 의상을 걸치고 있었다.

그 뒤로 새하얀 민족의상을 입은 백인 남성이 따라 나와 호기심 어린 초록색 눈동자로 케이를 살펴보았다.

왕자는 케이를 한번 훑어보고는 비뚜름하게 웃었다. 눈이 가느다랗게 휘며 반달 모양을 만들었다. 무언가 퍽 만족스럽다는 눈빛이었다.

"알아서 잘 챙겨 입었군. 피부가 하얘서 아주 잘 어울려."

"시끄러워! 이 망할 자식아!"

한발 물러서 있던 경비들이 케이가 왕자에게 욕설을 퍼붓고 있다는 사실을 알아챘는지 험악한 기세를 드러냈다.

자팔은 욕을 먹었음에도 불구하고 어제 그랬던 것처럼 빙글빙글 웃기만 했다.

"이분이 자팔 전하께서 주워온 사람인가요?"

백인 남성이 상냥한 미소를 지으며 케이에게 다가왔다.

"처음 뵈겠어요, 케이. 저는 영국 대사관에서 일하는 제임스 밸런타인이에요. 제이라고 불러줘요."

긴 금발머리를 리본으로 묶어 왼쪽 어깨 아래로 늘어뜨린 모습이 퍽 인상적인 남자였다. 움직일 때마다 사락사락 소리를 낼 것 같은 블론드가 햇빛을 받아 반짝거렸다.

신사적이면서도 친절한 그의 미소를 보니 적어도 왕자보

다는 덜 해로울 것 같았다.

제이가 케이에게 악수를 청하자 자팔이 그의 팔을 붙잡았다.

"신경 끄시죠, 미스터 밸런타인."

"어이쿠, 전하 같은 분도 질투를 하십니까?"

자팔이 짜증스럽게 제이의 손을 후려쳤지만 제이는 빙그레 웃기만 했다.

어른과 아이 같았다. 실제로 제이가 왕자보다 훨씬 연장자로 보이기도 했고.

"아까 했던 얘기도 있고 하니 셋이 함께 나가보는 건 어떨까요, 전하?"

제이의 말에 자팔은 벌레 씹은 표정을 지었다. 그래도 제이의 제안을 무시하지는 못하는 분위기였다.

"무슨 소리들이야! 지금 나를 포로 취급하는 거야?!"

"그럼 네놈의 정체가 밝혀지지도 않았는데 순순히 놔줄 줄 알았나?!"

왕자는 분풀이라도 하듯 케이에게 버럭 소리를 질렀다. 그는 병사에게 말을 준비하라고 지시를 내린 후 천막 안으로 들어가 버렸다.

"케이, 지금은 전하의 심기를 거스르지 않는 게 좋아요. 자세한 얘기는 가면서 합시다."

"네?! 제임스 씨, 혹시 저를 도와주실 건가요?!"

제이는 얼른 케이의 입을 막고는 천막 쪽을 살피며 말했다.

"저도 지금 저들 덕에 임무가 중단된 상태예요. 당신이나 저나 다를 바가 없는 처지죠. 일단 기회를 노립시다."

차분하면서도 단호한 말투에 케이는 안도감을 느꼈다.

'다행이다…… 이 영국인은 내 편이 되어줄 것 같아.'

하룻밤을 보낸 천막으로 돌아가 기다리고 있자니 바깥에서 말발굽 소리와 말이 콧김을 뿜어내는 소리가 들렸다.

밖으로 나가자 밤바다처럼 새까만 말과 눈처럼 하얀 말이 나란히 서 있었다.

자팔은 흑마 위에, 제이는 백마의 고삐를 쥔 채 서 있었다.

말 두 마리는 마치 그들의 분신처럼 보였다.

온통 시커먼 천을 두른 자팔과 머리끝부터 발끝까지 흰색으로 통일한 제이는 신이 사막 한가운데에 창조해 놓은 빛과 어둠 같았다.

우아한 흑마와 백마의 등에 날개가 솟아 있지 않은 게 오히려 이상할 정도였다.

"케이! 빨리 안 타면 놓고 가겠다!"

자팔이 말 위에서 팔을 내밀었지만 케이는 고개를 팩 돌려버렸다.

그와 같은 말을 탈 마음은 손톱만큼도 없었다.

또 무슨 짓을 당하게 될지 모르니까 말이다.

"제임스 씨, 이 멋진 백마에 저 좀 태워주시면 안 될까요?"

"기꺼이. 그리고 제이라고 불러주면 고맙겠어요. 저를 친구라고 생각한다면."

"고마워요, 제이."

제이의 도움을 받아 백마 위에 올라타자 자팔이 언짢은 눈빛으로 케이를 쏘아보았다.

"사막에 대해 쥐뿔도 모르는 것들이 잘들 노는군."

왕자는 심술궂게 말하며 채찍으로 흑마의 엉덩이를 후려쳤다.

"세상일이 다 뜻대로 되는 게 아니거든, 도련님."

총알같이 먼저 달려나가는 그를 보며 케이가 혼자 중얼거렸다.

그 말을 들었는지 제이가 키득키득 웃으며 말에 올라탔다.

출발합시다, 라고 속삭인 뒤 제이가 고삐를 잡아당기자 백마가 흑마의 뒤를 따랐다.

"전하가 아직 어려서 저러십니다. 적당이란 말을 모르시거든요."

"몇 살인데요?"

제이는 케이가 쓴 두건 한쪽 끝을 머리띠에 걸쳐 모래가 입에 들어가지 않도록 배려해 주었다.

"자팔 전하는 올해로 스물두 살이 되셨습니다."

"예엣?! 저보다 세 살이나 어리다고요?!"

화들짝 놀라는 케이에게 자신이 더 놀랐다는 듯 제이가 녹색 눈을 휘둥그렇게 떴다.

"그럼 케이는 스물다섯? 저보다 다섯 살밖에 어리지 않군요. 십대인 줄로만 알았는데."

케이는 떨떠름하게 웃었다. 서양인들이 동양인을 실제 나이보다 훨씬 어리게 보는 경향이 있긴 하지만, 케이는 일본에 있을 때 그다지 동안이라는 말을 들어본 적이 없었다.

"아무튼 사정은 전하께 들었어요."

제이는 음성을 낮추며 말했다.

"전하의 성품으로 보건대, 혼자 지레짐작하고 당신을 끌고 왔을 테지요."

"맞아요! 광산이니 보석이니, 엉뚱한 소리나 지껄이고!"

"흐음…… 엉뚱한 소리?"

케이를 내려다보며 미소 짓는 그의 얼굴에 설핏 싸늘한 기운이 서렸다.

목소리도 지금까지와는 달리 냉담한 느낌이었다.

그때, 한동안 보이지 않던 흑마가 모래바람을 일으키며 이쪽으로 달려왔다. 녀석은 케이와 제이의 주위를 한 바퀴 돌아 더 큰 모래바람을 일으켰다.

두 사람이 잔기침을 하자 자팔은 심술궂게 웃었다.

케이는 악의를 가득 담아 그를 째려보았다.

이런 유치한 짓을 하는 걸 보면 스물두 살이 아니라 열두 살이라고 해도 믿을 것 같았다.

"케이, 목마르지 않아? 이쪽으로 옮겨오면 내 물을 조금 나누어줄 텐데."

"물이라면 제이한테도 있어!"

일 초의 틈도 없이 케이가 냉큼 거절하며 얼굴을 돌리자 자팔은 똥 씹은 얼굴로 백마의 엉덩이를 향해 채찍을 휘둘렀다.

"으앗!"

그러자 백마가 소스라치게 놀라 화살처럼 내달리기 시작했다.

자팔은 백마 옆에서 나란히 달리며 큰 소리로 웃었다.

"나무랄 데 없는 말을 타고서도 겨우 이 정도로 혼비백산하는 걸 보니 너희들도 어지간히 겁쟁이인 모양이야!"

혼자 신나게 웃은 자팔은 더욱 말에 박차를 가해 지평선 너머로 사라졌다.

'지금 뭐하자는 거야!'

케이는 솟구치는 분노를 가라앉히며 한숨을 내쉬었다.

제이는 침착한 동작으로 고삐를 잡아당겨 흥분한 말을 진정시켰다.

"당신을 반드시 전하의 곁에서 구출해 드려야겠어요. 그러니 그때까지는 부디 얌전히 있어요."

케이는 그를 올려다보며 묵묵히 고개를 주억거렸다.

제이가 훨씬 더 왕자의 품격에 어울린다고 생각하며.

한참을 더 가자 드문드문 수풀이 보이더니 황야가 펼쳐졌다.

황야의 왼쪽으로 드높은 산이 이어졌고 드문드문 크고 작은 오아시스가 자리를 잡고 있었다.

오아시스 한 켠에 목을 늘어뜨린 채 물을 마시는 흑마의 모습이 보였다. 말갈기를 쓰다듬는 자팔의 눈이 사랑스럽다는 듯 빛났다.

"저는 여왕 폐하의 명을 받들어 이 땅을 조사하러 왔습니다."

제이는 말 등에 고정해 놓은 짐보따리 속에서 물병을 꺼내 케이에게 내밀며 말했다.

"양국이 정식으로 협의한 일인데도 전하께서 도무지 승인을 안 해주셔서 난감해하고 있답니다."

사막에서 자팔과 처음 맞닥뜨렸을 때 케이가 동물보호구역으로 가던 길이었다고 말하자 그는 대번에 눈빛을 바꾸며 노발대발했었다.

그 일을 떠올리며 케이는 오아시스 근처에 앉아 있는 왕자를 쳐다보았다.

그때였다.

"……!"

어디선가 집채만 한 호랑이가 나타나 왕자를 향해 서서히 다가가는 것이 아닌가!

아무리 동물보호구역이라지만 이렇게 댓바람에 호랑이를 맞닥뜨릴 줄은 몰랐다.

케이는 침을 꿀꺽 삼키며 제이를 올려다보았다. 눈앞에 맹수가 나타났는데도 제이는 그다지 놀란 표정이 아니었다.

케이와 제이는 그나마 멀찍이 떨어져 있었지만 정작 호랑이를 코앞에 둔 자팔의 반응도 크게 다르지는 않았다. 아니, 너무 덤덤했다.

자팔을 향해 어슬렁어슬렁 다가가던 호랑이가 머리를 길게 빼더니 그의 옆에 낮게 포복했다.

흡사 주인의 손길을 기다리는 애완용 강아지나 고양이 같은 모습이었다.

왕자는 죽마고우라도 만난 것처럼 호랑이의 목을 끌어안더니 놈의 등에 얼굴을 파묻었다.

설마 호랑이를 조련시킨 건가?

하도 놀라운 광경이라 그런 생각이 들었다.

그러나 조련했다고 보기엔 주종관계 같은 느낌은 전혀 없었다. 마음과 마음을 나누며 영혼으로 대화를 나누는 듯한 친밀한 아우라가 둘을 에워싸고 있었다.

케이는 처음으로 왕자가 부러워졌다. 그 어떤 책에서도 저런 식으로 동물과 교감을 나누는 방법을 소개하는 걸 본 적이 없었다.

아마도 케이에겐 평생 불가능한 일일 터였다.

여태 물만 마셔대던 흑마가 주인이 호랑이에게 온통 주의를 빼앗긴 걸 발견하고는 코로 그의 등을 쿡쿡 찔렀다.

"왜? 더 마셔. 여기까지 오느라 수고했잖아. 갈 때도 바람처럼 달려야 하니까 충분히 마시도록 해."

왕자가 자애로운 얼굴로 말했다.

그의 관심이 말로 옮겨가자 이번엔 호랑이가 그의 등을 찔렀다.

어처구니없게도 왕자를 사이에 두고 두 짐승이 암투를 벌이는 것 같은 모양새였다.

저렇게 동물에게 사랑을 받으면 기분이 어떨까.

케이는 긴장을 풀고 내심 감탄하며 왕자를 지켜보았다.

어젯밤만 해도 시종일관 자기 말만 하며 일방적으로 케이에게 굴욕감을 주었던 놈이다.

아까 전에도 망할 자식이라고 아낌없이 욕을 퍼부었던 놈이기도 하다.

하지만 정말 그럴까……?

인간에 비해 날카로운 감을 가진 야생동물에게 저렇듯 사랑받는 모습을 보노라니 그에 대한 분노가 한풀 꺾이는 기분이었다.

그는 정말 어떤 사람일까?

"왕자님이 그렇게 신경 쓰이나요?"

물 마시는 것도 잊고 왕자를 주시하는 케이에게 제이가 넌지시 물었다. 그리고는 난데없이 케이의 몸을 끌어안으며 얼굴을 가까이 가져왔다.

푸른 기 어린 녹색 눈동자가 케이를 빨아들일 것처럼 응시했다.

"아, 아니, 딱히 신경 쓰는 건 아닌데요."

"전하보다 저를 선택해 주면 안 될까요?"

그는 들릴 듯 말 듯 속삭이고는 금빛 속눈썹을 드리우며 케이에게 키스했다.

"으읍……."

상대의 돌발적인 행동에 케이의 몸이 고목나무처럼 뻣뻣하게 굳었다.

제이의 혀가 입술을 가르고 들어왔다. 그의 혀끝을 타고 케이의 혀에 안착한 작은 알갱이가 두 사람의 타액으로 순식간에 녹아 없어졌다. 짭짤한 그 맛은…… 소금이었다.

"사막에서는 물과 함께 때때로 소금을 보충해 줘야 한답니다."

제이는 케이를 놓아주며 의미심장하게 웃었다.

"저와의 키스가 불쾌하셨나요?"

"아니, 그런 문제가 아니라……."

민망한 마음에 그의 시선을 피하자 제이는 왼쪽 소매를 어깨까지 말아 올려 하얀 피부를 드러냈다.

그의 팔꿈치에서 어깨 사이에 생생한 흉터자국이 보였다. 수의사 면허를 소지한 케이는 그게 어떤 종류의 흉터인지 금세 알아보았다.

그것은 맹수에게 물린 자국이었다.

"자팔 전하께서 호랑이를 보내 절 공격한 적이 있어요."

슬프게 읊조리며 제이는 소매를 내렸다.

설마 왕자는 자신의 뜻을 거스른 자에게 야생동물을 보내 공격할 만큼 야비한 자였던가.

아니, 어쩌면 그들을 자신의 사냥감이라고 생각했을지도 모른다.

"케이, 부디 그에게 현혹되지 말고 신중해지세요. 일평생 그의 감옥에 갇히고 싶지 않으면."

케이는 머뭇거리면서도 고개를 끄덕였다.

F I N P R E M I U M S E R I E S

4화
얌전히 굴면 좋은 걸 주지

천막으로 돌아와 늦은 저녁을 먹고 나자 자팔은 군사작전 회의를 해야 한다며 케이를 내보냈다.

제이도 오아시스에서 돌아오자마자 왕궁으로 돌아갈 때가 되었다며 케이에게 안녕을 고하고 떠난 상황이었다.

케이는 어젯밤을 보냈던 천막으로 돌아와 구석구석 살펴보았다. 혹시라도 무기가 될 만한 게 없는지 찾아볼 생각에서였다. 불행히도 무기는커녕 페이퍼 나이프 하나 없었다.

빌어먹을! 하다못해 침소에 단검 하나 정도는 놓고 다녀라, 멍청한 왕자야!

혀를 끌끌 차며 천막 안을 이 잡듯이 뒤지던 케이의 시야에 멋들어진 장식물이 잡혔다.

낙타 가죽을 깔아놓은 좌대의 후미를 장식한 장검이었다.

케이는 그쪽으로 다가가 아무도 없는 천막을 한번 훑어보고는 검을 들어 올렸다.

"우와~!"

탄성을 내지를 만큼 묵직한 검이었다.

서투른 손길로 검을 빼 들던 케이는 무게에 짓눌려 몸을 휘청거렸다.

설마 저 왕자가 이 검을 자유자재로 휘두르는 건 아니겠지?

아니, 아니지.

놈은 명색이 왕족이자 왕자가 아니던가.

검을 휘두르는 건 그자가 아니라 그의 부하일 것이다.

마음을 다잡고 검을 휘둘러 보자 원심력에 의해 몸이 균형을 잃고 비틀거렸다. 그 바람에 검이 양탄자 위에 떨어지며 요란한 소리를 냈다.

케이는 얼른 정신을 수습해 검을 검집에 넣고 원래 있던 자리에 돌려놓았다.

그리고 천막 입구로 다가가 살금살금 바깥을 살펴보았다.

본의 아니게 소란을 피운지라 누가 소리를 들었을까 봐 덜컥 겁이 난 것이다. 케이가 검에 손댔다는 걸 저들이 알면 불벼락이 떨어질 게 뻔했다.

그러나 완전히 해가 떨어진 후 이 천막 주위엔 개미 한 마리 얼씬하지 않았고, 그것은 지금도 마찬가지였다.

별안간 케이의 심장이 불규칙적으로 뛰기 시작했다.

지금이라면 달아날 수 있지 않을까?

그런 생각이 뇌리를 스쳤다.

오아시스에서 돌아왔을 때 케이는 자팔의 흑마가 있는 곳도 눈여겨 봐두었다.

그 흑마를 타고 달리면 새벽이 오기 전에 도시에 닿을 수 있을 것이다.

그리고 제이가 있는 왕궁을 찾아가 도움을 요청하면 된다.

케이는 천막 입구 반대편의 틈새로 빠져나가 몸을 숨기며 살금살금 목적지로 향했다.

말은 회의가 한창 진행 중인 가장 큰 천막 바로 뒤에 있기 때문에 어떤 방향으로 가든 자팔의 근처를 지나야 했다.

경비들을 경계하며 그 천막 뒤편으로 돌아가자 통풍용으로 뚫어놓은 틈이 보였다.

살그머니 천막 안을 들여다보자 정중앙에 앉은 자팔과 그 앞에 앉은 두 명의 병사가 보였다. 경비들에 비해 옷차림이 좋은 것을 보니 직책이 높은 고위 무사들이 아닐까 싶었다.

그들 모두 심각한 얼굴로 자팔에게 어떤 결단을 요구하고 있었다.

문득 누군가의 시선을 느꼈는지 자팔의 날카로운 두 눈이 케이가 있는 쪽으로 향했다.

케이는 잽싸게 몸을 움츠렸다.

온몸의 신경 세포를 자팔이 있는 천막 저 너머로 집중했다. 또다시 불벼락이 떨어질까 두려웠다.

얼마나 시간이 지났을까. 최대한 기척을 지우며 천막 안을 살펴보자 자팔이 지긋지긋하다는 얼굴로 한숨을 토해내고 있었다.

"인질을 처형하는 건 내가 용납 못한다! 죽이는 것만이 능사가 아니야."

자팔은 목청을 돋우며 알았나, 하고 덧붙였다. 더 이상 왈가왈부하지 말라며 쐐기를 박는 모습이었다.

'설마 나를 처형하라고 하는 건가……?'

소름이 돋았다. 여기서 달아나야 한다. 머뭇거리다가 머나먼 이국땅에서 객사할 수는 없었다.

다시 천막 안을 들여다보자 자팔이 한쪽 손을 올리고 뒤에서 있던 병사들에게 뭐라고 소곤거리고 있었다.

잠시 후 호화로운 장신구를 휘감은 여자들이 과일과 술을 가득 담은 쟁반을 들고 나타났다.

주요 부위만 아슬아슬하게 가린 그녀들은 자팔의 양옆을 차고앉더니 그에게 술을 따르기 시작했다.

그 모습을 보며 케이는 걷잡을 수 없는 분노를 느꼈다.

혹시 나를 저 여자들과 같이 취급한 거 아냐?!

왕자는 여자에게 질렸다고 했었다. 자신이 그렇게 모진 일을 당한 이유가 고작 왕자의 시답지 않은 변덕 탓일지도 모른다는 생각이 들자 분노가 치솟았다.

케이는 이를 악물며 그곳에서 물러났다. 지금은 도망치는 게 급선무다. 어차피 저들이 막무가내로 붙들어둔 것이니 달아난다 해도 별 문제는 없을 것이다.

천막을 따라 걸어가자 어둠속에서 시커먼 물체가 보였다. 인기척을 느꼈는지 놈이 움찔했다.

자팔의 흑마였다. 놀랍게도 흑마는 어디에도 묶여 있지 않았다.

케이는 흑마가 놀라지 않게 살그머니 다가가 바닥에 떨어져 있는 고삐를 잡아당겼다.

그러나 녀석은 꿈쩍도 하지 않았다.

"말을 잘 들어야 착한 말이지."

간절하게 속삭여 봤지만 말은 케이를 물끄러미 쳐다볼 뿐이었다.

고삐를 손목에 몇 번 감아 팽팽하게 만들어 잡아당겨도 흑마는 느긋하게 얼굴만 몇 번 움직이더니 외려 케이를 반대쪽으로 끌어당겼다.

흑마의 기세를 당하지 못하고 케이는 바닥에 엉덩방아를 찧고 말았다.

에이씨, 하고 나직하게 욕을 퍼붓는 케이의 몸 위로 시커먼 그림자가 드리워졌다.

"이 녀석은 내 말밖에 안 들어."

어느새 자팔이 짓궂은 웃음소리를 흘리며 다가와 있었다.

케이는 기절할 듯 놀라며 바닥에 앉은 자세 그대로 말 뒤쪽으로 물러났다.

그가 휘파람을 불자 기둥처럼 우뚝 서 있기만 하던 말이 주인 곁으로 다가갔다.

그나마 케이를 가려주었던 말이 사라지자 달빛 아래로 케이의 몸이 고스란히 드러났다.

"어쩌려고? 걸어서 도망치게? 지금 천막으로 돌아가면 용서해 주고."

"싫어! 또 네놈의 노리개가 되고 싶진 않아!"

앙칼진 케이의 대꾸에 자팔은 뭐가 재미난지 한쪽 입술 끝을 치켜올리며 웃었다.

"고문은 안 해. 약속하지."

자팔이 단호하게 말하자 케이는 조금 망설여졌다.

해가 뜨기 전에 도보로 이곳에서 벗어난다는 건 도저히 불가능하다. 해가 뜨고 사막이 작열하기 시작하면 케이처럼 나약한 사람은 의식도 못하는 사이 요단강을 건너고 말 것이다.

케이는 왕자의 시선을 피하며 원래 있던 천막으로 돌아갔다. 왕자는 감시하는 눈초리로 그의 뒤를 따랐다.

천막 안으로 들어오자마자 자팔은 케이의 허리를 와락 끌어안으며 모피를 잔뜩 깔아놓은 침상 위에 쓰러뜨렸다. 자세를 바로잡을 틈도 없이 자팔의 몸이 케이를 덮쳤다.

"이봐! 아무 짓 안 한다고 했잖아!"

"고문은 안 한다고 했을 뿐이야. 대신 오늘 밤엔 다정하게 안아줄게. 고마워해."

턱을 치려고 주먹을 날렸지만, 자팔은 쉽사리 케이의 손목을 낚아채 모피 위에 찍어 눌렀다.

욕을 퍼부으려 하자 자팔이 입술로 케이의 입을 막아버렸다.

침입자처럼 입 안으로 들어온 자팔의 혀가 케이의 혀를 휘감으며 애무했다.

혀를 통해 술기운이 전해져 정신이 아찔해졌다.

케이가 저항할수록 그의 양쪽 팔을 내리누르는 자팔의 힘은 더욱 거세졌다. 케이의 혀를 뜨겁게 빨아 마시던 자팔의 혀가 입천장과 입안 구석구석을 핥았다.

이렇게 정신을 아득하게 만드는 키스는 처음이다. 케이는 전신에서 서서히 힘이 빠져나가는 것을 느꼈다.

그러자 자팔의 손이 케이의 허리띠를 풀고 옷 안으로 침범했다.

"하, 하지 마! 만지지 말라고!"

케이는 안간힘을 다해 고개를 돌리며 성을 냈으나 자팔은 움직임을 멈추지 않았다.

"그, 그만……!"

다리를 오므리며 어떻게든 위기에서 벗어나고자 했지만 묵직하게 내리누르는 자팔의 몸 때문에 케이의 저항은 조금도 효과가 없었다.

아무리 가슴을 때리고 밀어내도 온몸이 근육질로 이루어진 왕자는 꼼짝도 하지 않았다.

케이가 얼굴을 돌리자 자팔은 귀에 입을 맞추며 귓속으로 혀를 밀어 넣었다.

"하지 마! 하지 말라고……!"

갑자기 자팔이 벌떡 일어나더니 금색 단검을 뽑아 케이의 상의를 목에서 허리까지 단번에 갈랐다.

"내일은 흰색을 입도록 해. 네 흰 피부에 잘 어울릴 거다."

자팔은 훤히 드러난 케이의 뽀얀 피부에 입을 맞추었다.

가슴에 오똑 선 돌기를 혀로 빙그르르 돌리며 빨아 마시자 케이의 허리가 파르르 떨렸다.

그 틈에 자팔은 케이의 남은 옷가지를 모두 벗겨 버렸다.

"내 말 안 들려?! 하지 말라니까!"

그의 머리를 덮은 검은 두건을 움켜쥐자 두건이 머리띠와 함께 벗겨졌다. 그러거나 말거나 자팔의 머리는 허리 아래로 점점 내려갔다.

그는 양손으로 케이의 허벅지 안쪽을 움켜쥐고 좌우로 활짝 벌렸다.

"앗! 안 돼……!"

자팔은 이미 잠에서 깨어나 있는 케이의 중심을 입안에 넣고 뜨거운 혀로 말아 올렸다.

케이는 생소하면서도 아찔한 자극을 있는 그대로 받아들였다.

자팔의 혀가 그것을 뿌리째 뽑아버릴 기세로 맹렬히 빨아들이자 무릎이 파르르 떨렸다.

그의 입술과 혀가 기둥의 연약한 부분을 희롱했다.

자팔은 한쪽 손으로 중심부의 뿌리 부분을 잡고 위아래로 흔들었다. 혀로는 그것의 머리와 뒷부분의 근육을 오가며 케이의 몸에 열기를 더했다.

절정감이 코앞으로 닥쳤지만 케이는 그런 감정을 부정하듯 고개를 거세게 흔들었다.

그러자 자팔은 파정을 재촉하며 더욱 기술적으로 움직였다.

"하, 하앗! 안 돼애애……!"

몸이 공중에 떠오를 것 같은 쾌감을 느끼며 케이는 등을 활처럼 휘었다.

"거짓말쟁이. 이렇게 좋아하면서."

자팔은 케이의 허리를 들어 올리고 하늘을 향해 뾰족하게 선 기둥을 움켜잡았다. 그리고는 꽃봉오리의 입구를 손가락으로 살살 넓혔다.

자팔이 그 안에 혀를 들이밀고 케이가 쏟아낸 희뿌연 액체를 흘려 넣었다.

"하아악……!"

더 깊은 곳까지 비집고 들어온 자팔의 혀가 내벽에 액체를 발랐다. 결코 불쾌한 기분은 아니었지만 사정을 하고 난 뒤에도 그의 움직임에 반응한다는 것이 놀라울 따름이었다.

"이제…… 그만……!"

얼굴을 들자 머리보다 높이 위치한 하복부 위에서 자팔의 혀가 바삐 움직이는 것이 보였다.

그 모습을 보자니 잠시 잊고 있었던 수치심이 다시 폭풍처럼 밀려들었다.

그러나 이율배반적이게도 케이의 일부는 본능에 따라 말간 액체를 쏟아내고 있었다.

자팔과 눈이 마주치자 그는 만족스러운 미소를 머금으며 케이의 허리를 바닥에 내렸다.

"그렇게 애절한 눈빛으로 쳐다보는 걸 보니 아직 모자란가?"

"아, 아니야! 절대 아니야!"

케이가 애써 부정하는데도 그는 자신의 무기를 당당히 내밀었다.

용맹하게 쭉 뻗은 갈색 무기를 보자 어젯밤에 느꼈던 공포가 되살아났다.

"아냐…… 그러지 마……."

자팔은 겁먹은 눈초리로 몸을 뒤로 빼는 케이의 허리를 움켜쥐고는 단번에 말뚝을 박아버렸다.

"아아악……!"

아무 예고도 없이 들이닥친 고통에 케이는 두 눈을 부릅떴다. 비록 오늘이 처음이 아니라 해도, 어젯밤에도 같은 일을 당했다 해도, 케이의 몸은 아직 이런 행위가 한없이 낯설었다.

막다른 골목까지 파고드는 자팔의 무지막지한 무기에 몸이 파열되는 것만 같았다.

"그만해……! 제발…… 살려줘……."

케이는 자존심도 수치심도 잊고 그에게 매달리며 눈물을 흘렸다.

왕자는 케이의 눈꼬리에 이어 입술에도 입을 맞추었다.

"눈물로 호소하는 걸 보니 사람을 밀고 당기는 방법을 아는 모양이야."

자팔은 짭짤한 눈물을 음미하며 허리를 떼더니 열기에 휩싸인 몸을 더 깊이 밀어붙였다.

선연한 자극이 케이의 뇌에 직격탄을 날리며 쾌감을 안겼다.

"그만, 제발! 제바알……."

"네 몸은 마약 같아. 한번 맛보면 결코 헤어 나오지 못하는 마약."

자팔은 사냥감을 사로잡은 맹수처럼 사악하게 미소 지으며 윗입술을 핥았다.

허리를 튕겨 막다른 골목에 다다르자 그는 그곳을 탐색하듯 아랫도리를 움직였다.

정신을 앗아갈 만큼 강렬한 쾌감에 케이는 비명을 내질렀다.

"하아! 그건…… 안 돼! 안 된다고……!"

자팔은 땀범벅이 된 케이의 목덜미나 귓가에 입을 맞추며 상대가 강하게 반응한 곳을 집중 공략했다.

"좋으면 좋다고 솔직하게 말해. 귀여운 녀석."

그는 간헐적으로 움직이며 케이의 내부를 예민하게 휘저었다.

그가 움직일 때마다 케이는 자잘하게 경련을 일으켰다

무언가에 이끌리듯 자팔의 상의를 움켜쥐자 그는 케이의 몸을 살포시 안아주었다.

"……귀여운 녀석."

"아냐! 아니야아……!"

순간, 체온이 급상승하며 눈앞이 새하얘졌다. 케이는 물고기처럼 팔딱거리며 화끈한 열기를 쏟아냈다.

자팔의 불기둥이 거의 빠져나왔다가 다시 거침없이 동굴 속으로 돌진했다.

"하악…… 제발… 살려줘…… 제발……."

"나한텐 더 해달라고 조르는 것 같은데."

말도 안 돼! 더 이상은 안 된다. 미쳐 버리고 말 것이다!

"오늘 밤은 고문하는 게 아니니까 마음껏 즐기라고."

자팔은 케이가 아무리 눈물을 흘리고 애원해도 아랑곳 않고 집요하리만치 그를 탐했다.

"무희들한테 질투나 하고. 정말 귀여워."

멀어지는 의식 속에서 자팔의 나직한 웃음소리가 들렸다.

질투……? 내가 미쳤냐?!

그가 충분히 알아듣도록 한 자 한 자 똑똑히 말해주고 싶었지만, 케이의 의식은 이내 깊은 늪 속으로 빠져들었다.

5화

모래성으로의 귀환

다음 날 아침, 자팔은 침실로 쓰는 천막에서 케이와 함께
아침을 먹었다.

아무리 말을 걸어도 토라진 얼굴로 대꾸 한 번 하지 않는
케이를 보며 그는 싱글싱글 웃기만 했다.

"입에 안 맞아?"

"맞을 리가 있냐! 그쪽 얼굴을 보고 먹으면 아무리 산해진
미가 눈앞에 있어도 역겹기만 할걸! 말 걸지 마, 토 나와!"

케이가 앙칼지게 대답하자 자팔은 진심으로 이해할 수 없
다는 표정을 지었다.

"뭐 때문에 그렇게 화가 났지? 밤새도록 그렇게 안아줬건

만. 너도 눈물까지 흘리며 좋아했잖아."

대체 뭐가 불만이냐고, 왕자는 세상에서 가장 난해한 문제를 앞둔 사람 같은 표정을 지었다.

기, 기뻐했다고? 내가?

사력을 다해 저항하고 욕을 퍼붓다가 어느 때부터인가 자존심도 없이 용서를 구하고 애원했던 케이였다. 뭘 어떻게 이해하면 그 모습이 기뻐하는 걸로 보였단 말인가!

케이는 저도 모르게 들고 있던 빵을 가루가 되도록 움켜쥐었다.

"아침까지 생사람을 잡아놓고 그런 말이 나와?! 이 빌어먹을 놈! 바보 왕자! 너 같은 놈은 사막 한가운데서 헤매다가 열사병에나 걸려야 해!"

케이가 앞뒤 분간 없이 쏘아붙이는데도 자팔은 피식 웃기만 하더니 콩수프를 한 모금 마셨다.

그리고 보니 그는 처음부터 아무리 케이가 성깔을 부리고 욕을 퍼부어도 재미있어 할 뿐이었다.

이렇게 막 나가면 감히 누구 앞에서! 하고 눈을 부라릴 만도 한데 저렇게 나오니 솔직히 기운이 빠졌다. 벽에 대고 발길질을 할 수는 없는 노릇이었다.

케이는 들고 있던 빵으로 콩과 땅콩을 갈아 만든 아랍 요리를 떠먹었다.

"당신은 그래도 왕족이잖아. 외국인이 이렇게 욕을 하는데

도 화 안 나?"

"왜 화가 나지?"

자팔은 삶은 양고기 접시를 케이에게 슬쩍 밀어주었다.

"네가 뭐라 하든 나는 빌어먹을 놈도 아니고 바보도 아닌데. 사실이 아닌 걸로 흥분할 필요는 없지."

자신만만하구나.

케이는 작게 한숨을 내쉬었다.

"그보다는 본심을 감추고 아첨 떠는 것들이 더 언짢지. 놈들은 내가 쓴 왕관밖에 안 보거든. 내가 어떤 사람인지는 아무 관심 없이."

조그맣게 중얼거리며 그는 잠시 식사를 멈추었다.

"그런데 넌 다른 거 같아. 나를 내려다보지도, 올려다보지도 않아. 대등하게 진심으로 보는 것 같다고나 할까. 너 같은 놈은 처음이다."

왕자의 얼굴에 따사로운 미소가 번졌다. 사뭇 외로움이 느껴지는 미소이기도 했다.

"뭐…… 아무리 왕자라 해도 친구 한 명쯤은 있을 거 아냐."

"내 친구는 죄다 동물들뿐이야."

자팔은 주저없이 대답했다.

케이는 어제 보았던 그의 모습을 떠올렸다.

궁지 높은 말이나 야생의 맹주인 호랑이를 돌볼 때 그는 진심으로 행복해 보였다. 그들은 사실 친구라기보다 더 강한 끈으로 맺어진 가족처럼 보였다.

케이는 또다시 혼란을 느꼈다. 이 남자의 진짜 얼굴은 무엇일까.

"자팔 전하, 안녕하십니까."

누군가 밝게 인사하며 천막 안으로 들어왔다. 하얀 수트를 차려입은 제이였다.

"제이!"

"좋은 아침입니다, 케이."

제 편이 나타난 것처럼 케이의 목소리 톤이 몇 단계 상승했다. 그와 동시에 자팔은 인상을 구겼다.

"오늘 성으로 돌아가신다고 들어서 동행하고자 왔습니다."

"어차피 아버님께 아첨이나 할 생각일 테니 마음대로 하시지."

그는 싸늘하게 대꾸하며 문갑에서 새까만 민족의상을 꺼내 케이 앞에 던졌다.

"오늘은 이걸 입어라! 나와 똑같이 까만색으로."

"뭐야, 어제는 흰색을 입으라더니."

"일일이 말대꾸하지 마! 흰색으로 입기만 해. 옷 입은 채로 널 갈기갈기 찢어버릴 테니까!! 갈까요, 미스터 밸런타인!"

제이는 머쓱하게 웃으며 케이에게 가벼운 목례를 남기고는 왕자의 뒤를 따랐다.

뭐 저런 놈이 다 있어!!

개미 눈물만큼이나마 동정했던 자신이 어리석었다. 저놈에게 진짜 얼굴이란 없다. 그냥 보이는 대로 덜 자란 꼬마 녀석일 뿐이다.

케이는 오기가 나서 남은 빵을 다 먹어치우고는 자팔이 던지고 간 검은 의상을 노려보았다.

자팔의 부대가 성으로 귀환하기 시작했다. 낙타 등에 설치된 가마를 살펴보며 케이는 한숨을 쉬었다.

이쯤에서 놔줄 것이지, 또 무슨 짓을 하려고 성까지 데려가려는 걸까.

분통이 터졌지만 기회를 기다리라고 눈짓을 보내는 제이의 뜻을 잠자코 따르기로 했다.

자주색 천으로 햇빛을 가린 가마 안은 땡볕 아래 있는 것보다야 나았지만 덥기는 매한가지였다.

낙타의 리드미컬하면서도 안정적인 움직임에 몸을 내맡긴 케이는 꾸벅꾸벅 졸기 시작했다.

숨이 턱턱 막히는 더위에 시달린 데다가 이틀에 걸쳐 자팔에게 들볶인 터라 체력이 바닥이었다. 심지어 간밤엔 하늘이 부옇게 밝을 때까지 그를 상대했으니 오죽이나 할까.

마치 요람 같은 낙타의 등에 앉아 케이는 까무룩 잠이 들고 말았다.

헉— 하고 정신이 든 순간 케이는 염천 아래, 모래 위로 굴러 떨어졌다. 잠에 빠져 가마에서 떨어진 것이다.

모래 위에 처박힌 케이가 상황을 파악하기까지는 꽤 많은 시간이 걸렸다.

그 모습을 가장 먼저 발견한 제이가 백마에서 뛰어내려 부리나케 달려왔다.

"괜찮아요, 케이? 다친 데 없어요?"

"아, 예. 고마워요…… 제이."

제이가 케이의 손을 잡으려는 순간 전방에서 천둥 같은 목소리가 들렸다.

"그자에게 손대지 마시오!!"

흑마를 타고 달려온 자팔이 말 위에 앉아 매서운 눈으로 두 사람을 쏘아보았다.

"케이, 너. 목숨이 왔다 갔다 하는 사막 한가운데서 그런 짓까지 해가면서 도망칠 작정이냐?"

살기등등하게 으르렁거리는 자팔을 케이는 눈 하나 깜짝 않고 올려다보았다.

도망칠 수 있으면 진즉에 도망쳤지!

"전하, 케이는 낙타가 익숙하지 않아서 그런 겁니다. 부디 노기를 가라앉히시고……."

"누가 나서라고 했지, 미스터 밸런타인!"

자팔은 제이에게 일갈한 뒤 케이의 팔을 잡아 끌어당겼다.

그리고 케이의 몸을 가볍게 안아 올려 흑마의 등에 태우고는 자신도 그 뒤에 올라탔다.

"내가 직접 데려가지. 그렇게 쉽게 놓칠 수는 없거든."

"그냥 졸다가 떨어진 것뿐이야. 그럼 제이랑 같이 갈게. 그럼 되지?!"

"제이 타령은 그만해라. 짜증나니까."

자팔은 작은 소리로 내뱉었다.

대관절 그가 왜 토라진 사내아이처럼 구는지 케이는 통 이해가 가지 않았다.

"내려줘! 제이랑 간다니까!"

"저 건방진 영국 놈이 그렇게 좋냐?"

두말하면 잔소리지!

얼른 받아치려는데 자팔이 뒤에서 케이의 몸을 단단히 붙들어 안는 바람에 입도 벙긋하지 못했다.

"네 솔직한 면이 마음에 들긴 하지만 지금은 별로군."

그의 손이 케이의 가슴팍을 쓸어내리더니 옷 위로 솟은 돌기를 살짝 잡았다. 케이는 몸을 비틀며 저항했다.

"고삐 잡아. 또 떨어질라."

여전히 승마에 서투르기 짝이 없는 케이는 몸의 균형을 잡는 데만도 벅차서 더 이상은 반항을 할 수도 없었다.

자팔이 옷 위로 솟은 돌기를 만지작거렸다. 동틀 때까지 그에게 안겨 있었던 몸은 너무나 쉽사리 쾌감을 기억해 내며 반응했다.

"작작 좀 해! 어떻게 이런 백주대낮에!"

"싫으면 뿌리쳐 봐. 상황이 상황이라 목숨은 보장 못해."

그의 양옆에는 수많은 병사가 라이플을 어깨에 걸친 채 왕자를 따르고 있었다.

전방에는 말까지 투구를 걸친 무장 병사 둘이 긴 행렬을 이끌고 있었다.

"내가 한 마디만 하면 너는 벌집이 될 거다."

케이는 어깨를 움츠리며 아랫입술을 깨물었다.

비열한 자식……!

얌전해진 케이의 모습에 만족하며 자팔은 그의 윗도리 단추를 풀어헤쳤다. 단추 두 개를 풀고는 커다란 손을 그 안으로 쑥 집어넣었다.

"이, 이봐……!"

자팔은 손톱 끝으로 볼록하게 솟은 젖꼭지를 애무했다.

나머지 한쪽에도 자팔의 손길이 닿자 케이의 입에서 가느다란 신음이 새어 나왔다.

빳빳해진 돌기가 세게 비틀리자 얼결에 허리를 물결치듯 움직였다.

자팔은 그 반응을 놓치지 않고 이번엔 케이의 하복부를 더듬었다.

"벌써 달아올랐어. 참 음탕한 몸이야."

몸의 중심에 자팔의 길고 단단한 손가락이 닿자 그곳이 화 끈한 열기를 뿜어내며 서서히 몸을 부풀렸다. 입을 만한 속옷 이 없어서 맨살 위에 바로 바지를 입은 터라 옷 위를 쓰다듬 는 손가락의 감촉이 생생했다.

"이게… 누구 때문…… 흐읍!"

자팔이 중심부를 움켜쥐고 그 끝을 집요하게 문지르자 말 갛게 꿀이 맺혔다. 케이는 떨리는 손으로 고삐를 있는 힘껏 움켜쥐었다.

"크크크. 쌀쌀맞은 녀석."

자팔은 케이의 허리띠를 느슨하게 풀고 그 안으로 왼손을 찔러 넣었다.

바지 안에서 꼿꼿하게 고개를 쳐들고 있던 녀석을 가볍게 말아 쥐고 두세 번쯤 위아래로 흔들자 케이는 당황하며 허리 를 뒤로 뺐다.

덕분에 자팔의 몸에 자신의 몸을 더욱 밀착한 꼴이 되었 다.

"나를 그렇게 원해?"

"아, 아니! 그게 아니…… 학……!"

자팔은 좀 전에 했던 동작을 다시 한 번 반복한 후 고양이 의 턱을 간질이듯 그 아래를 손가락으로 쓰다듬었다.

그의 손이 체액을 윤활유 삼아 총구 끝의 갈라진 틈 주변 을 문질렀다.

케이는 자신의 반응이 믿겨지지가 않았다.

자팔의 애무에 너무나도 쉽게 몸이 반응하고 있었던 것이다. 더욱이 엉덩이 아랫부분이 움찔움찔 경련을 일으키기까지 했다.

머릿속으로는 자팔의 무기가 뜨겁게 용솟음치며 자신의 내부를 뒤흔들어 놓던 감각을 되새기고 있었다.

"자팔! 부탁이니까 제발 그만해……."

케이가 갈라진 음성으로 애원하자 그는 몸을 흠칫하며 동작을 멈추었다.

꼭 쥐고 있으라며 케이에게 고삐를 내밀더니, 채찍을 잡고 양발로 말의 옆구리를 내리쳤다.

"먼저 간다! 너희들은 예정대로 따라와!"

자팔이 박차를 가하자 흑마가 쏜살같이 내달리기 시작했다.

무장한 병사를 태운 말 두 마리가 자욱하게 먼지를 일으키는 흑마의 뒤를 따랐다.

케이는 먼지를 먹지 않도록 두건으로 얼굴을 가렸다.

그렇게 한참을 가자 멀리서 조그맣게 성이 보였다.

웅장한 건물을 감싸는 모양으로 네 개의 탑이 세워진 황금빛 성은 마치 공중에 떠 있는 듯 환상적으로 보였다.

성문이 저 앞에 보이는데도 흑마는 속도를 늦추지 않았다.

자팔은 한쪽 팔로 케이의 머리를 끌어안더니 허리춤에서

피스톨을 꺼내 허공을 향해 두 발을 발사했다.

고막이 터질 듯한 총소리가 사막에 울려 퍼졌다.

"자팔 아사드 바실이 귀환했다! 성문을 열라!"

왕자의 모습을 확인한 경비병이 거대한 철문을 열었다. 문이 채 다 열리기도 전에 자팔과 케이를 태운 흑마가 좁은 틈을 미끄러지듯 통과했다.

경사진 길을 단번에 오르자 안마당이 나타났다. 흑마는 속도를 늦추고 그 앞에서 정지했다.

자팔이 말에서 내리자 중년쯤 되어 보이는 시종이 달려나와 물병과 국자를 내밀었다.

"말에게 먼저 먹이라고 몇 번을 말했나!"

자팔이 매섭게 말하자 시종은 물병을 말에게 가져갔다. 그리고 말이 물을 편히 마실 수 있게 물병을 말의 입가에 맞춰주고 말갈기를 쓰다듬었다.

그 모습을 잠시 지켜보던 자팔은 케이의 몸을 번쩍 들고 어깨에 둘러멨다.

"내려줘! 혼자 걸을 수 있어! 또 어딜 끌고 가려는 거야! 놔 달라니까!"

케이가 자팔의 등을 두드리며 몸을 버둥거리자 그가 조용히 하라는 듯 엉덩이를 꽉 움켜쥐었다. 흠칫하는 케이에게 자팔이 조용히 말했다.

"얌전히 있으면 목욕하게 해주고. 계속 이렇게 까불면 지

하감옥 안에 던져 버릴 거야."

지하감옥이라는 말에 케이는 모골이 송연해졌다. 이곳 성
안은 완전히 자팔의 안방이나 마찬가지다. 또 무슨 짓을 당할
지 모른다.

"정말…… 목욕하게 해줄 거야?"

"그렇다니까. 내가 친히 너를 씻겨줄 거야."

"이 자식이……!"

케이가 다시 한 번 등을 후려치자 왕자는 호탕하게 웃어젖
혔다.

6화

욕실은 그의 영역

자팔은 약속대로 케이를 욕실에 데려다주었다.

탈의실에 도착해서야 간신히 제 발로 땅을 밟은 케이는 아연실색하며 입을 크게 벌렸다.

온통 하얀 대리석으로 만들어진 그 공간은 일본에 있는 케이의 집보다 몇 곱절은 되어 보였다.

주위를 둘러싼 그리스풍 기둥에 조각된 이름 모를 신들이 모두 케이를 내려다보는 것 같았다.

똑같은 옷을 입은 시녀 네 명이 왕자와 케이를 향해 깊이 예를 갖추었다.

"그쪽도 지금 목욕할 거면 난 나중에 할게."

시녀가 왕자의 옷을 벗기는 걸 보고 케이는 그렇게 말한 후 문 쪽으로 걸어갔다. 왕자가 목욕을 끝낼 때까지 밖에서 기다려야 할 것 같았다.

　그러자 자팔이 케이의 팔을 우악스럽게 잡아 비틀며 으르렁거렸다.

　"그렇게 지하감옥에 처박히고 싶나? 안심해. 목욕할 땐 손 안 댈 테니까."

　아무리 시종이라고는 해도 처음 보는 여자들 앞에서 그런 말을 듣고 나니 케이는 불이 날 것처럼 얼굴이 화끈거렸다.

　저놈은 부끄러움이라는 게 없나?!

　벌써 옷을 모두 벗어던진 자팔은 욕실로 성큼성큼 걸어가고 있었다.

　시녀들이 이번엔 케이의 옷을 벗기려고 다가왔다. 케이는 화들짝 놀라며 뒤로 물러섰다.

　"아, 아니에요! 제가 할게요!"

　그녀들은 고개를 갸웃거리며 서로 눈짓을 교환했다.

　모래바람을 뚫고 오느라 잔뜩 더러워진 의상을 모두 벗고 케이는 양쪽에 기둥이 늘어선 좁은 통로를 지나 욕실로 향했다.

　벽과 천장 외에는 모두 검은 대리석으로 만들어진 욕실이 케이의 눈앞에 펼쳐졌다.

　벽에 세운 하얀 대리석에도 그리스 로마 신화에 등장할 법

한 여러 신들이 조각되어 있었다.

장인의 손에서 탄생한 그 아름다운 조각들은 당장에라도 대리석 바깥으로 튀어나와 케이를 어루만질 것처럼 생동감이 넘쳤다.

케이는 증기로 가득 찬 축축한 돌바닥을 걸어, 바닥을 파고 흑대리석을 깔아 만든 욕조 안으로 들어갔다.

반대편으로 욕조 가장자리에 머리를 기대고 느긋하게 앉아 있는 자팔의 모습이 보였다. 눈을 감고 있는 걸 보니 혹시 그사이 잠이라도 든 걸까.

케이는 되도록 한쪽 구석에 바싹 붙어 앉아 제 무릎을 끌어안았다. 성에 오는 도중 말 위에서 있었던 일이 떠올라 그에게서 되도록 멀리 떨어지고 싶었다.

뜨거운 물에 몸을 담그자 머리를 맑게 해주는 나뭇잎 향이 솔솔 풍겼다. 이게 얼마 만에 하는 목욕인지 모르겠다. 피곤에 절어 있던 몸과 마음이 치유되는 기분이었다.

욕실 분위기에 익숙해지자 목욕물 위를 둥둥 떠다니는 약초와 색색이 다른 꽃잎이 보였다.

남자 주제에 꽃잎을 띄우고 목욕……?

케이는 속으로 아낌없이 비웃음을 날렸다.

그때 자팔이 숨을 크게 쏟아내며 천천히 일어났다.

욕실 가장자리에 걸터앉은 그는 옆에 나란히 놓인 물병들 중 하나를 집어 들어 머리 위에 쏟아부었다. 점점 열기를 더

해가던 공기가 단번에 차게 가라앉았다.

냉수인가 보다, 하고 케이는 멍하니 생각했다.

물이 윤기가 흐르는 까만 머리카락을 타고 목덜미에 이어 가슴과 등으로 흘러내렸다.

볼 때마다 시커먼 민족의상을 입고 있던 그는 왕족이라기 보다 전사에 가까운 몸을 가지고 있었다.

옷을 입었을 때에도 충분히 드러났던 우람한 어깨 근육과 그 아래로 이어지는 단단한 복근은 인위적으로 만든 것이 아 니라 생활 속에서 붙은 것인 듯 자연스러웠다.

마치 근육의 구조를 명확하게 재현한 것 같은 두툼한 팔도 마찬가지였다.

팔 곳곳에 크고 작은 흉터들이 보였는데 한쪽 팔을 거의 감싸다시피 한 긴 상처가 특히 눈에 띄었다.

저것은…… 짐승이 낸 상처다. 그것도 꽤 큰 짐승.

우툴두툴한 상처를 보고 케이는 직감했다.

「자팔 전하께서 호랑이를 보내 절 공격한 적이 있어요.」

문득 제이가 했던 말이 떠올랐다.

그의 새하얀 팔에는 위험했던 과거를 똑똑히 보여주는 상 처가 깊이 새겨져 있었다.

그 말이 사실일까. 그리도 깊은 교감을 나누는 동물에게

그토록 잔인한 짓을 시켰던 게 사실일까.

그러나 제이의 팔에 새겨진 상흔은 의심할 바 없는 진짜였다.

만약 제이의 말이 사실이라면 그것은 결코 용서받을 수 없는 행위다.

케이는 열심히 머리를 굴리느라 자신이 자팔을 무섭게 쏘아보고 있다는 걸 알지 못했다.

그의 시선을 느낀 자팔은 젖은 머리카락을 양손으로 쓸어 올리고 다시 욕조 안으로 들어왔다.

자팔의 얼굴에 유쾌한 미소가 걸렸다.

"그렇게 뜨겁게 바라보면 안 되는데. 뭘 기대하는 거야?"

"뭐……? 댁한테 기대하는 거 없어!"

"거참, 되게 땍땍거리네. 얼굴은 새빨개져서는."

욕조 안에 들어앉아 있으니 피부가 달아오르는 게 당연하지.

그렇게 반박하려다 말고 케이가 얼굴을 팩 돌려 버리자 자팔은 자못 의기양양하게 웃었다.

"뭐라고 하든 상관없어. 나는 네 진짜 모습을 이미 다 봤으니까."

"뭐, 뭔 소리야……."

"내 품에 안겼을 때 네가 얼마나 간절하게 매달렸는지 다 봤다는 얘기지. 나를 받아내며 몇 번이고 절정을 맞이했던 모습이나 눈물까지 흘리며 애원했던 모습도……."

"이, 입 다물어!"

물이 출렁일 정도로 케이가 격노하자 자팔은 또다시 의기양양하게 웃었다.

케이의 몸에서 피가 역류하는 것 같았다. 다시 말하지만, 기필코 그를 원한 적은 없다. 그저 굴욕적인 정사를 반복당했을 뿐이다.

"멀쩡한 사람한테 그렇게 지독한 짓을 해놓고 혼자 희희낙락하는군! 짐승 같은 자식!"

"그 짐승의 품에 안겨서 몸부림쳤던 게 누구더라."

"그건 네가 이상한 약을 써서 그랬던 거야! 멍청한 왕자야!"

자팔은 온갖 욕을 들어도 즐거워할 따름이었다.

졌다……. 별의별 욕을 해도 저렇게 뒤로 넘어가는 걸 보니 저놈은 변태가 분명해.

왕자라고는 해도 저자는 나보다 세 살이나 어리다. 일일이 상대하지 말고 여유를 갖고 상대하다가 달아날 기회가 오면 냅다 튀는 게 상책이다.

케이는 이를 꽉 물고 속으로 생각했다.

"언제까지 나를 잡아둘 생각이야? 이제 그만 놔줘."

"이 성에 네 방을 하나 마련해 줄 생각인데, 가려고?"

뭐……?

예상치 못했던 대답에 케이의 입에서 바람 빠지는 소리가 새어 나왔다.

"혹시나 해서 묻는 건데, 내가 그쪽한테 반했다고 착각하는 건 아니지?"

주저주저 질문을 던지자 자팔은 깜짝 놀라며, 그럼 아니야? 라는 표정을 지었다.

케이는 얼굴이 확 달아올랐다.

"착각도 유분수지! 그럴 리가 없잖아! 억지로 그런 짓까지 해놓고 잘도 그런 꿈같은 소리를 지껄이네! 용서를 빌 사람은 내가 아니라 당신이야!"

"자꾸 같은 말 시키지 마. 네 몸은 분명히 기뻐했어. 네가 그래 봤자 괜한 고집피우는 걸로밖에 안 보여."

"댁 같은 꼬맹이에 짐승보다 제이가 천 배 만 배는 낫겠……."

자팔의 눈에서 살기가 번득이자 케이는 입을 다물었다.

사막에서 처음 만났을 때 봤던 그 눈이었다.

아무리 욕을 먹어도 그는 난생 처음 겪어보는 케이의 막돼먹은 태도에 신선함을 느끼며 즐거워했다. 때로는 어린애처럼 굴기도 하는 바람에 케이는 완전히 잊고 말았다.

그의 새까만 두 눈이 공격적으로 돌변하면 주위의 모든 소리가 소멸해 버린다는 것을.

그때처럼.

너는 제이보다 못하다는 말이 신경을 긁은 걸까?

느닷없이 왕자가 살기를 뿜어내는 이유를 모르겠다. 그렇다고 왜 화가 났느냐고 천진난만하게 물어볼 용기도 없었다.

케이는 상대를 모욕할 마음은 눈곱만큼도 없었지만 솔직히 틀린 말은 아니지 않는가.

강제적으로 자신을 범한 자팔과 신사적인 제이를 놓고 비교했을 때 누가 더 바람직한 사람인지 꼭 말을 해줘야 아나?

제 생각에 한 점 부끄러움도 없는 케이지만 자팔의 눈초리를 보니 오금이 저려 한 마디도 나오지 않았다.

'사과해야 하나?'

잠시 망설였지만 자신은 아무것도 잘못하지 않았다는 생각에 마음을 다잡았다.

자팔은 묵묵히 일어나 욕조 위로 올라가더니 냉수가 든 병을 들어 올렸다.

잔뜩 웅크리고 앉아 있는 케이의 곁으로 다가온 그는 냉수를 케이의 머리 위에 끼얹었다.

"머리 식히고 나와. 이건 명령이야."

"명령……? 내가 왜 당신 명령을……."

자팔은 들고 있던 물병을 거칠게 내던졌다. 물병이 요란한 소리를 내며 산산조각 났다. 케이는 말문이 막혀 버렸다.

자팔은 아무 말 없이 욕실에서 나가 버렸다.

케이는 조마조마한 마음으로 잠시 기다렸다가 욕실 밖으

로 나갔다. 자팔은 감색 가운을 걸치고 앉아 있었고 시녀가 그의 머리를 말려주는 중이었다.

그가 아랍어로 뭐라고 명령을 내리자 다른 시녀가 쟁반에 옷을 담아 케이에게 건넸다.

하얗고 얇은 옷에는 촘촘히 수놓인 은색 자수 말고도 금색 장식이 과할 정도로 주렁주렁 달려 있었다.

아무리 봐도 무희들이 입는 옷 같았다.

"이게 뭐야! 내가 당신 장난감이야?!"

케이가 버럭 소리를 지르자 자팔은 감정 없는 냉혹한 눈으로 그를 노려보았다.

자팔이 시녀에게 다시 명령을 내리자 그녀는 고개를 한 번 숙이고는 밖으로 나갔다.

다시 돌아온 그녀의 손에는 은색 장검이 들려 있었다. 그녀는 은색 검을 자팔에게 공손히 들어 올렸다.

그가 검을 빼 들자 케이는 찬물을 뒤집어 쓴 것처럼 쭈뼛 등줄기가 뻣뻣해졌다.

"그런 식으로 날 협박해 봐야 소용없어……."

"내가 벨 사람은 네가 아니다."

자팔의 음성이 나직하게 깔렸다.

"옷도 제대로 못 갈아입히는 시녀는 필요 없어. 여기 있는 네 명 모두 목을 베어버리겠다."

"뭐, 뭐야!"

케이가 까무러칠 듯 놀라며 소리쳤다.

귀를 의심하게 만드는 말이었다. 그러나 서슬이 시퍼런 자팔의 눈을 본 케이는 그가 단순히 으름장을 놓고 있는 게 아니라는 것을 인정해야 했다.

"어쩔 텐가, 케이. 네 대답 여하에 저들의 목숨이 달렸어.'

케이는 입술을 깨물며 고개를 끄덕였다.

자팔은 검을 검집에 넣은 후 그것을 든 채 밖으로 나가 버렸다.

케이는 다리에서 힘이 빠져 그대로 주저앉고 말았다.

시녀들이 걱정스러운 얼굴로 케이에게 다가왔다.

"당신들은 또 왜 이래! 이 상황에 검을 가져오란다고 진짜 가져오면 어쩌냐고!"

케이의 말은 그녀들에게 아무 효과가 없었다. 시녀들은 아무 일 없었다는 얼굴로 케이가 입을 옷을 준비했다.

케이는 자그맣게 한숨을 토해내고는 그녀들이 준비한 의상을 몸에 걸칠 수밖에 없었다.

시녀가 이끄는 대로 케이는 얌전히 따라갔다. 복도를 걸어가면서도 어찌나 창피스러운지 머리에 뒤집어쓴 베일로 얼굴을 가리느라 바빴다.

왕궁이라더니 생각보다 한적한 복도를 지나 몇 개의 문을 거친 뒤 묵직한 문 앞에 도착했다. 시녀는 노크를 하고 잠시 기다렸다가 문을 열었다.

"부디 왕자님을 용서해 주세요."

찰나의 순간이었지만 그녀가 그렇게 중얼거린 것 같았다. 탈의실에서 검을 가져왔던 시녀였다.

케이가 뭐라고 대답하기도 전에 그녀는 문을 닫고 사라졌다.

천장이 워낙 높아서 가뜩이나 운동장마냥 넓은 공간이 더욱 광활해 보였다. 방 안에는 구역을 나누듯 수로가 놓여 있었다. 맑은 소리를 내며 흐르는 물 위에는 재스민 꽃이 둥실둥실 떠다녔다.

이곳이 사막 한가운데 위치한 나라라는 사실을 잊을 만큼 방 안은 쾌적했다.

널찍한 방 안쪽으로 빨간색 벨벳 커튼을 단 화려한 캐노피 침대가 보였다.

자팔은 문을 활짝 열어놓은 발코니 난간에 기대서 있었다.

케이를 발견하고 맨발로 소리 없이 다가오더니 그의 앞에 멈추어 섰다.

"사람을 이 꼴로 만들어놓고……. 멀쩡한 남자를 여장까지 시키는 걸 보면 당신은 미친 게 틀림없어."

"침대 위로 올라가."

무감각한 어조로 자팔이 짧게 말했다.

케이는 창밖을 힐끗 쳐다보았다. 문 밖으로 뛰어 나가는 것보다 창밖으로 몸을 던지는 게 나을 것 같았다. 풍경을 보아 하니 기껏해야 이층밖에 안 돼 보이기도 하고.

왕자에게 또 다시 능욕을 당하느니 부상을 입더라도 여기서 달아나고 싶었다.

"창문 아래는 경비병 대기소인데. 네가 내 방에서 뚝 떨어지면 묻지도 따지지도 않고 쏴버릴걸."

단박에 계획을 들켜 버리자 케이는 고개를 푹 숙였다. 목덜미로 식은땀이 흘렀다.

"아까 그 시녀의 팔이라도 잘라와야 내 말을 들을 거야?"

이것은 명백한 협박이었다. 자신의 말을 듣지 않으면 애먼 사람을 죽이겠다는 말이다.

무고한 사람이 케이의 태도에 생사를 오가고 있었다. 물론 본인은 모르는 사실이지만. 아무튼 왕자의 협박을 무시할 수는 없었다.

"제임스 밸런타인이 도우러 올 거라는 망상은 집어치워."

자팔은 손가락으로 케이의 턱을 들어 올리고 비딱하게 웃었다.

"놈이 더 낫다던 그 말, 반드시 후회하게 만들어주지."

7화

두 눈을 뜨고 나를 봐라

"침대 위로 올라가."

자팔은 위압적인 어조로 같은 말을 반복했다.

그 싸늘한 음색과 눈초리에 케이는 옷 안에 얼음이 쏟아부어진 것처럼 몸을 부르르 떨었다.

침대 위로 올라가면 무슨 일이 벌어질지는 의심의 여지가 없었다.

굳게 닫힌 방문도, 창문도, 그가 달아날 곳은 없었다.

거부하면 아무 죄 없는 시녀의 팔이 잘려 나갈 것이다.

그리고 가장 두려운 건 이 자팔이라는 남자에게 안기면 머리로는 아무리 거부해도 몸이 쾌락에 젖어버린다는 것이다.

두 번째 날 밤, 케이는 그 사실을 깨달았다.

"안 들리나? 혹시 시녀가 울부짖는 모습이 보고 싶어서 그래?"

"아니야!"

케이는 머리에 쓴 베일 위로 귀를 막아버렸다.

그가 아무리 부정해서도 지금 당장은 장난감 신세에서 벗어날 길이 없다. 이 망신스러운 무희 복장을 걸치고 왕자의 장난감 노릇을 해야 한다.

동물보호구역에서 호랑이와 교감을 나누는 왕자를 보고 한순간이나마 그를 부럽다고 생각한 자신이 부끄러워졌다.

호랑이로 하여금 제이를 공격하게 만들었다는 건 틀림없이 사실이리라.

자신을 이토록 잔인하게 괴롭히는 걸 보면 못할 짓이 없겠다 싶었다. 친구라고 했던 동물들 역시 자팔에게 있어 유용한 병사에 지나지 않을 것이다.

케이는 얼굴을 돌리며 자팔의 옆을 지나 침대로 걸어갔다.

벨벳 커튼을 젖히고 침대 위로 올라간 그는 마치 관속에 누운 시체처럼 똑바로 누웠다.

저항하고 욕을 퍼부어봤자 자팔에겐 색다른 유희가 될 뿐이다.

그렇다면 최대한 무반응으로 일관하는 게 지금 케이가 할 수 있는 유일한 거부 표현일 것 같았다.

저런 놈에게 그렇게 간단히 굴복하고 싶지는 않았다.

잠을 청하기라도 하듯 눈을 감자 침대 한쪽이 출렁거렸다.

그가 가까이 다가오는 것이 느껴졌다.

그의 몸이 케이의 전신을 덮었다.

눈을 감고 있는데도 자신을 내려다보는 시선이 따가웠다. 케이는 눈을 감은 채 고개를 돌리며 이를 악물었다.

케이는 가여울 정도로 오들오들 떨고 있었다.

"케이, 눈을 뜨고 나를 봐."

자팔이 고요하게 속삭였다.

케이는 있는 힘껏 그를 거부하며 얼굴을 베개에 더 깊이 파묻었다.

그러자 자팔이 난폭하게 케이의 턱을 붙잡아 자신을 향해 돌렸다.

"나를 보라고 했잖아!"

성난 음성에 움찔하며 케이는 눈을 떴다.

코앞에 다가와 있는 자팔의 얼굴이 케이를 잡아먹을 듯이 노려보고 있었다.

"너를 안는 건 나야! 단 한 순간이라도 그놈을 생각해 봐! 그때는 가차없이 네 목을 베어버릴 테다!"

자팔의 성난 음성은 문밖으로, 창밖으로 새어 나갈 만큼 우렁찼다.

그가 물어뜯을 것처럼 케이의 입술을 덮었다.

요리조리 피하는 케이의 혀를 옭아매 강렬하게 빨아들인 자팔은 그의 입속을 종횡무진 누볐다.

이것은 키스가 아니다.

케이는 퍼뜩 깨달았다.

케이가 아는 키스는 상대에게 애정을 전하는 방법이다.

그러나 지금 이 남자는 애무의 한 수단으로 케이에게 키스를 하고 있다.

"으읍…… 하아……."

자팔의 혀가 입천장을 쓰다듬자 케이의 입에서 희미한 신음 소리가 새어 나왔다.

그 소리를 자신의 귀로 듣는 순간, 케이는 경악했다.

설마…… 키스만으로도 이렇게 숨넘어가는 소리를 내는 거야?!

그는 자신의 몸을 내리누르는 자팔의 가슴을 때리며 밀어 냈다.

"싫어! 저리 가! 너 같은 놈한테 더 이상 당할 수는 없어!!"

돌연 케이가 미친 듯이 악을 써댔다.

양팔로 두 눈을 가리며 속절없이 흘러내릴 것 같은 눈물을 간신히 참아냈다.

"케이…… 팔 내려. 눈을 뜨고 나를 봐."

부탁이야…… 라는, 불안한 음성이 뒤를 이었다.

머뭇머뭇 팔을 내리고 자팔을 보자 좀 전에 그의 얼굴을 가득 메웠던 분노는 온데간데없었다.

숱 많고 가지런한 눈썹을 찡그리며 심란한 표정을 짓는 얼굴을 보니 그 역시 어찌해야 할 바를 모르는 듯했다.

눈을 감고 내려온 자팔의 입술이 케이의 입술에 닿았다.

윗입술과 아랫입술을 가볍게 한 번씩 빨고 다정하게 입을 맞추었다.

케이는 목구멍 안쪽에서 찌릿찌릿한 떨림을 맛보았다.

"케이, 내 이름을 불러봐. 네게 키스하고 너를 안아주는 건 나야."

놀라울 만큼 잔잔한 음성이 케이의 귓가에 닿았다.

그의 얼굴을 외면하기 위해 케이는 눈을 감았다.

비겁하다……. 틈만 나면 나를 협박하는 주제에 왜 자기가 상처받은 표정을 짓는 거야.

그의 입술이 목덜미와 쇄골 아래로 내려가며 붉은 흔적을 남겼다.

케이의 몸을 휘감았던 의상을 목덜미까지 끌어올린 자팔은 하얀 가슴 위에 솟아난 부분을 손가락으로 건드렸다.

"아앗……."

케이는 고개를 돌리며 손등으로 입을 막았다.

어째서 고작 이 정도에 몸이 반응하는지 이해가 가지 않았다.

그러나 몸은 그의 마음과 달리 자극을 원하고 있었다.

케이는 눈을 질끈 감고 어금니를 힘껏 깨물었다.

차라리 손발이 묶여 자유를 빼앗기고 미약에 넘어가는 게 나을 것 같았다.

그러면 자팔의 손길에 반응하는 자신에게 변명이 되어줄 테니까.

자팔의 손이 신체의 라인을 따라 아래로 내려갔다.

그 손이 하복부에 닿자 케이의 허리가 움찔거렸다.

무릎을 세운 다리는 나무처럼 경직된 지 오래였다. 그는 이미 자팔의 몸 안에 갇힌 상태였다.

"케이, 다리를 벌려. 그러면 아프지 않게 해줄게. 너도 기쁨을 맛보고 싶지 않아?"

이제는 그에게 대꾸할 말도 없었다.

그렇다고 말 잘 듣는 아이로 돌변해 순순히 다리를 벌리고 싶지는 않았다.

그런 케이의 마음을 꿰뚫어본 모양인지 자팔의 손이 무릎 사이로 헤집고 들어왔다.

케이의 몸에서 조금씩 힘이 빠지며 그의 손이 움직이는 대로 다리가 벌어졌다.

상대를 안달하게 만드는 느릿느릿한 자팔의 손길에 케이의 몸에 오소소 소름이 돋았다.

"나를 받아들여. 몸과 마음을 모두 열어줘."

자팔의 손가락이 케이의 엉덩이를 더듬으며 입구를 찾

았다.

"이제 두 번 다시 그자의 이름을 입에 담지 마……. 알았지?"

입구 안으로 중지의 첫 번째 마디까지 들어오자 불법침입자를 쫓아내 버릴 기세로 내부가 바싹 조여들었다.

상체를 일으킨 자팔은 케이의 가슴에 얼굴을 묻고 세차게 솟아오른 부분을 혀로 핥았다.

"하지…… 마!"

다리 사이에 자리한 케이의 분신이 아직 아무것도 닿지 않았는데도 뜨끈한 열기를 발산하는 게 느껴졌다.

자팔이 입으로는 젖꼭지를 흡입하고 손가락으로는 꽃망울 속을 휘젓자, 케이의 중심부가 서서히 부풀기 시작했다.

케이는 자신의 몸이 반응하는 것을 부정하며 목을 세차게 흔들었다.

"어떻게 해주길 바라는지 말해봐. 원하는 대로 해줄게."

무심결에 그의 말에 대답하려던 야속한 입을 가로막으며 케이는 고개를 흔들었다.

비겁한 놈이다. 저렇게 아련한 얼굴로 다정한 말을 남발하니까 더 버텨내기가 힘들잖아.

자팔은 대답을 기다리지 않고 까끌까끌한 혀를 하복부로 가져갔다

"하악…… 그만!"

가슴과 아랫도리에 전해지는 애무로 잔뜩 성이 난 중심부가 자팔의 입 속으로 빨려 들어갔다. 케이는 이를 악물고 참아냈던 교성을 터뜨렸다.

자팔이 거칠게 그것을 빨아 올리자 그것은 케이가 내지르는 소리에 맞춰 더 빳빳하게 몸을 일으켰다.

"하, 아아! ……안 돼!"

체온이 상승하며 전신에 경련이 일었다.

정상에 도달할 것 같다는 생각을 한 순간, 자팔이 그에게서 떨어졌다.

"케이…… 내 이름을 불러."

"하아……!"

자팔은 간절하게 속삭이며 중지에 더욱 힘을 주어 끝까지 밀어 넣었다. 그리고 곧바로 손가락 하나를 더 밀어 넣었다.

그의 요구를 거부하고자 고개를 가로젓자 몸속 깊이 들어온 손가락이 도톰하게 부풀어 오른 전립선을 건드렸다.

"거기! ……하악, 아흑!"

자팔의 손가락이 그곳에 닿을 때마다 절정의 문턱에서 정지했던 케이의 중심에서 반투명한 꿀이 뿜어져 나왔다.

"……내 이름을 불러줘."

마음을 가라앉혀 주는 음성이었다. 적어도 지금은 하늘을 찌를 것 같은 오만함과 고귀함은 보이지 않았다.

언뜻 떼쓰는 아이를 떠올리게 하는 그의 눈빛에 묘한 적요

함이 감돌았다.

"자팔…… 이제 그만해……."

케이는 그를 외면한 채 그렇게 속삭였다.

몸에 박혀 있던 손가락이 쑥 빠졌다. 그러나 케이가 아쉬워할 새도 없이 강철 같은 기둥이 그의 몸을 갈랐다.

"케이…… 케이!"

"하아! 아아악— 아훗!!"

아직 충분히 열리지 않은 내부가 단번에 뚫리자 케이의 몸에서 열기가 폭발했다.

자팔은 인내심이 다한 듯 거칠게 허리를 움직였다.

고문이라며 케이의 몸을 범했던 밤과는 달리, 조급하면서도 감정이 충만한 몸짓이었다.

"나를 봐. 내 이름을 불러!"

강렬한 압박감에 통증을 느껴야 할 법한데도 세 번째로 그를 받아들이는 케이의 몸은 통증을 쾌감으로 바꾸었다.

방금 전에 절정을 느끼며 사정했는데도 내벽을 긁어대는 쾌감이 사고를 뒤죽박죽하게 만들어 버렸다. 짜릿한 자극이 척추를 타고 케이의 뇌를 강타했다.

"자, 파아알! 그마아아안!"

자팔은 찢어질 정도로 시트를 움켜쥔 케이의 손에 자신의 손가락을 하나하나 끼웠다.

"바보, 케이…… 넌 내 거야."

아랫도리를 가득 메웠던 불덩이가 뒤로 후퇴했다가 두꺼운 뿌리까지 맹렬하게 돌진했다.

과도한 쾌감이 고통으로 변하기 시작할 즈음 케이는 무의식적으로 자팔의 손을 뿌리치고 그의 목덜미에 양팔을 두르며 매달렸다.

"더는! 더는 싫어……!"

물기 어린 목소리로 간절히 애원하자 자팔은 케이의 몸을 일으켜 자신의 무릎 위에 앉혔다.

서로를 마주보며 앉자 몸 안에 박혀 있던 강철 같은 기둥이 더 깊이 파고들었다.

자팔이 아래에서 두세 번 허리를 튕겨내자, 케이는 자팔의 목덜미를 더욱 세게 끌어안으며 무의식중에 허리를 흔들어 박자를 맞추었다.

"하앗! 자…… 파……!"

케이는 애초부터 그를 갈구했던 것처럼 하반신을 출렁였다. 다시 긴장한 중심부가 자팔의 딱딱한 배에 닿았다.

내보내 달라고 아우성치는 열기를 쏟아내기 위해 케이는 중심부를 자팔에게 문질렀다.

"기분 좋지?"

"아흑! 만지지 마……!"

자팔은 케이의 뺨에 입을 맞추며 정상에 오르기 직전인 케이의 분신을 한쪽 손으로 잡아 상하로 흔들었다.

"안 돼! 하앗! 아아앗……!"

그와 동시에 굵직한 기둥이 내부를 사정없이 휘젓자 케이는 자팔의 목덜미에 얼굴을 묻고 애절한 신음 소리와 함께 절정에 다다랐다.

케이의 몸이 자팔의 몸 위에서 축 늘어졌다.

바늘 하나 들어갈 틈 없이 동굴 속을 꽉 메운 수컷은 여전히 거친 숨결을 발산하고 있었다.

어서 빨리 해방되고 싶다. 그러나 손 하나 까딱할 힘도 없었다.

눈꺼풀이 무겁게 떨어지자 수마가 케이를 점령했다.

"케이, 나를 받아줘."

땀으로 흥건한 등줄기를 쓰다듬고 머리카락에 입을 맞추며 자팔이 속삭였다. 케이는 모든 힘이 소진되어 그저 고개만 끄덕일 뿐이었다.

8화
어둠을 싫어하나요?

강렬한 햇살에 눈을 뜨자 어느덧 해가 중천에 떠 있었다.

주변을 돌아보니 자팔의 모습은 보이지 않았다.

케이는 천장을 멀거니 올려다보다가 기나긴 한숨을 내쉬었다.

몸 구석구석에 자팔의 감촉이 살아 숨 쉬는 것만 같았다. 가장 깊은 곳까지 침투했던 그의 뜨거운 무기가 아직도 그곳을 메우고 있는 듯한 착각마저 들었다.

자신의 모든 것을 삼켜 버릴 것 같았던 맹렬한 쾌락에 휘둘려, 그 자신을 받아들이라는 자팔의 말에 고개를 끄덕였던 자신의 모습이 생각났다.

그건 무효야!

케이는 시트를 움켜쥐며 속으로 고함쳤다.

그자를 받아들일 마음은 터럭만큼도 없다. 하물며 의식이 오락가락하는 상태에서 냉정한 판단이 가능했을 리 없다.

그 자식이 돌아오면 확실하게 짚고 넘어가겠다고 케이는 마음을 굳게 먹었다.

그러나 눈을 감자 자팔의 모습이 사르륵 떠올랐다.

주저하는 얼굴로, 망설이는 얼굴로, 자팔이 눈썹을 찡그렸다.

지금까지 그는 자신감에 찬 얼굴로 자신의 뜻을 관철시키는 모습만을 보여주었다.

그런데 머릿속에 떠오른 그는 외로운 얼굴로 자신의 이름을 불러달라고 하염없이 애원하던 그때 그 표정을 짓고 있었다.

"빌어먹을……!"

케이는 눈앞에 떠오른 잔상을 떨치려고 욕설을 퍼부으며 두 손으로 얼굴을 덮었다.

"일어나셨어요……?

발치에서 들린 소리에, 케이는 그제야 방에 다른 사람이 있다는 걸 깨달았다.

깜짝 놀라 상체를 일으키고 보니 한 시녀가 방 중앙을 가로지르는 수로 옆에서 무릎을 꿇고 앉아 있었다.

어젯밤 수로 위를 떠다니던 핑크색 재스민 꽃은 그녀가 들고 있는 쟁반 위에 수북이 쌓여 있고 수로 위에는 새로이 하얀 꽃이 동동 떠다녔다.

"놀라시게 했다면 죄송합니다. 잠에서 깨실 때까지 곁을 지켜 드리라는 자팔 전하님의 명이 계셨습니다."

시녀는 침대로 다가왔다. 어제 자팔에게 검을 가져다주고 케이를 이 방으로 안내해 주었던 시녀다.

"자팔은?"

"왕자님께서는 국왕폐하를 뵈러 가셨습니다. 두 시간 정도 지나야 돌아오실 거예요."

케이는 시녀가 건네준 물을 마시고 멀찍이 보이는 문을 물끄러미 쳐다보았다.

"케이님."

달아날 길을 찾고 있다는 걸 들킨 줄 알고 케이는 흠칫했다.

그러나 시녀의 얼굴만 봐서는 그의 마음을 눈치챘는지 어쨌는지 알 길이 없었다.

"부디 자팔 전하께 자비를 베풀어주세요……."

시녀의 얼굴에 슬픔이 깃들었다.

예상치 못했던 시녀의 말에 케이는 뜨악한 표정을 지었다.

그 말을 끝으로 시녀는 입을 닫아버렸다. 케이는 그녀가 말 못할 사정을 침묵으로 대신하는 것 같다는 느낌을 받았다.

시녀에게 앉으라고 권하자 그녀는 침대 옆에 있던 의자에 살짝 걸터앉았다.

그녀는 무릎에 내려놓은 쟁반을 가만히 응시했다.

그러고 보니 그녀는 어제 케이를 이 방에 들여보내고 문을 닫기 직전, 왕자를 용서하라고 했었다.

그건 무슨 뜻이었을까.

"당신은 내가 어떤 경위로 이곳에 있는지 알고 있나요?"

"아니요. 하지만 원해서 계시는 건 아니라고 알고 있습니다."

"저는 왕자에게 납치된 거나 다름없어요."

"……죄송, 합니다."

시녀는 왕자 대신 깊이 머리를 숙였다.

"대체 왜 그런 놈을 감싸는 거예요. 당신들의 목을 치려 했던 사람이에요!"

케이의 말에 그녀가 고개를 번쩍 들었다.

"왕자님께서는 무가치하게 피를 흘리는 걸 싫어하십니다. 절대 저희들을 다치게 하실 분이 아니에요."

"하지만 어제 분명히……."

"그분을 믿기에 검을 가져다드린 겁니다."

시녀의 음성에는 케이의 말을 뒤집어엎을 만큼의 확신이 있었다.

"어렸을 때부터 왕자님을 보필해 와서 잘 압니다. 왕자님께서는 매우 상냥한 분이세요."

"그래도 난 용서 못해……."

케이의 뇌리에 제이가 보여준 상처가 스치고 지나갔다.

"내 자비가 왜 필요한지 모르겠어요. 마음에 안 드는 사람한테 호랑이를 풀어 공격하는 자한테 뭘 어쩌라는 건지."

용서 못해요, 라고 케이는 씹어뱉듯 말했다.

"호랑이를 풀어 공격한다고요……? 대체 누가 그런 소릴……."

"밸런타인 씨한테 들었어요. 상처도 봤고요. 가엾게도."

"세상에! 어떻게 그런 지독한 말을! 왕자님께서는 밸런타인 씨를 돕다가 부상까지 입으셨어요!"

그녀가 몸을 내밀며 언성을 높이자 그녀의 무릎에서 접시가 떨어져 요란한 소리를 내며 박살 났다.

시녀는 접시가 깨진 줄도 모르고 다급히 말했다.

"밸런타인 씨는 왕자님의 허락도 받지 않고 동물보호구역에 있는 광산을 무단으로 침입했어요. 그때 야생 호랑이에게 습격을 당했고 마침 정찰을 나가셨던 왕자님 덕분에 목숨을 구한 거예요."

"하지만 제이는 분명 자팔이 호랑이를 보냈다고……."

"왕자님은 그런 짓을 하실 분이 아니라니까요!"

시녀의 험악한 기세에 밀려 케이는 할 말을 잃었다. 잠시 정적이 흐르고 자신이 지나쳤다는 생각이 들었는지 그녀는 어깨를 움츠렸다.

왕궁에서 일하는 시녀가 왕자를 편드는 건 당연하다.

그런데 이제 와서 드는 생각이지만, 자팔이라면 구태여 호랑이를 보내기보다는 본인이 직접 검을 들고 달려들 것 같다는 생각이 들었다.

하늘을 찌르는 자존심을 가진 그가 과연 그런 야비한 책략을 썼을까?

"왕자님의 몸에는 지금도 그때 당한 부상이 남아 있어요. 그뿐만이 아니에요. 마음에도 깊은 상처를……."

깊은 상처……?

"그 일로 인해 국왕 폐하께서 영국에 한발 양보하시게 되었거든요."

"그에 대한 책임을 왕자 혼자 짊어졌다는 거야?"

그녀는 가만히 고개를 가로저었다.

"그게 다가 아니었어요. 불행히도 왕자님께서는……."

시녀는 눈물을 떨구며 쥐어짜는 듯한 음성으로 말을 이었다.

"케이님, 왕자님께서 당신과 함께 있을 때처럼 즐거워하시는 모습을 본 적이 없어요. 왕자님께서는 국민들의 기대에 부응하기 위해 고군분투하시느라 놀이상대는커녕 싸울 상대조차 가져본 적이 없으세요."

그녀는 케이의 손을 덥석 잡으며 애원했다.

"부디…… 자비를 베풀어주세요……."

시녀의 가녀린 어깨와 케이의 손을 잡은 손이 희미하게 떨렸다.

그녀는 자팔을 맹신하고 있다. 그가 단순히 왕자라서일까.

아니, 어쩌면 그에게는 사람들로 하여금 자신을 믿게 만드는 어떤 힘이 있는지도 모른다.

시녀는 자리에서 일어나 깨진 그릇을 치웠다. 그리고 소파 위에 준비해 놓았던 하얀 민족의상을 침대 위에 올려놓고 절도 있게 인사한 뒤 방을 나섰다.

옷을 보기 전까지 케이는 자신이 알몸이라는 사실을 잊고 있었다.

그는 준비된 의상을 입고 발코니로 나가 끝없이 펼쳐져 있을 것 같은 사막을 멍하니 바라보았다.

시간이 흐르고 해가 지평선 너머로 기울면서 주변을 오렌지 빛으로 물들이고 있었다.

그렇게 한참을 서 있던 케이는 문득 인기척을 느끼고 고개를 들었다.

언제 왔는지 자팔이 케이의 옆에 기대서서 사막을 바라보고 있었다.

케이의 머릿속에서 제이의 상처와 시녀의 슬픈 표정이 번갈아 떠올랐다.

머릿속이 뒤죽박죽이다. 대체 누구를 믿어야 할까…….

"팔에 난 상처……."

간신히 말문을 연 케이의 음성이 불안하게 갈라졌다.

사막에서 입었던 옷과 달리, 광택 있는 검은색 복장을 정식으로 차려입은 모습이 사뭇 다른 느낌으로 다가왔다. 그저 팔짱을 낀 채 벽에 비스듬히 기대서 있을 뿐인데도 왕족으로서의 품격과 위압감이 주변을 압도했다.

"그 영국인한테 무슨 소리라도 들었나?"

케이는 얼른 고개를 흔들었다. 무의식적으로 나온 행동이었다.

"시녀한테 들었어."

입도 싸다. 케이는 혼자 중얼거렸다.

그녀는 그렇다 치고 자신이 왜 얼결에 거짓말을 했는지 생각해 보았다.

제이의 말을 믿었다면, 의도적으로 호랑이가 공격하게 만든 게 아니냐고 자팔을 나무랐어야 했다.

그런데 자신은 아무 말도 못 들었다고 고개를 가로저었다.

"그렇게 다치고도 살아남은 걸 보면 목숨줄이 긴 모양이야. 끈질긴 놈."

다른 얘기를 하려다가 그만 그에게 비아냥거리는 소리를 하고 말았다.

"동물은 댁의 친구라며?"

"호랑이를 죽인 건 나야."

그 짧막한 한마디에 케이는 할 말을 잃었다.

"사건을 수습하기 위해 호랑이를 죽여야만 했어. 그래서 내가 이 손으로 직접 죽였지. 되도록 고통을 주지 않으려고 심장을 한 번에 꿰뚫었어."

자팔은 정면을 향한 채 기울어지는 석양을 응시하고 있었지만 그의 눈동자엔 아무것도 담겨 있지 않았다.

상흔이 남은 팔을 다른 쪽 손으로 움켜쥐는 그의 아랫입술이 희미하게 떨렸다.

"너는 아마 상상도 못할 거다. 불합리한 이유로 친구를 죽여야만 했던 분통함! 억울함! 그 호랑이는 그저 자신의 몸을 지키고자 했을 뿐이야. 자기가 아는 방법으로 살아남으려 했을 뿐이라고! 인간의 흉악한 이기심에 휘말려 죽을 녀석이 아니었어!"

투박한 음성으로 외치며 케이를 노려보는 자팔의 눈은 분노보다 슬픔으로 가득했다.

왕자는 강한 사람이다.

만약 자신이라면 상황에 떠밀려 친구를 죽이고 그 처절한 슬픔을 감내할 수 있을까.

케이는 동물보호구역에서 자상한 얼굴로 호랑이를 쓰다듬던 왕자의 모습을 떠올렸다.

목숨을 빼앗는 순간, 그는 어떤 표정을 지었을까.

"친구의 목숨을 끊는다는 게 괴롭긴 했을 거 같아."

미처 의식하기도 전에 케이의 입에서 그런 말이 튀어나왔다.

자팔은 묵묵히 서 있을 뿐이었다.

난간에 손을 올려놓고 시선을 아래로 향해 케이의 입술을 물끄러미 응시하고 있었다.

주변을 메웠던 모든 소리가 하나하나 사라지며 입맞춤을 나누기 직전의 특별한 분위기가 감돌았다.

케이는 턱을 위로 향해 살짝 벌어진 자팔의 입술에 입을 맞추었다.

뒤늦게 자신의 행동에 흠칫 놀라 고개를 홱 돌렸다.

차마 그의 얼굴을 볼 수가 없었다.

돌발적인 행동에도 아무런 반응이 없긴 하지만 자팔은 지금도 여전히 상처받은 표정을 짓고 있을 것이다.

상처받은 야수의 얼굴을 떠올리자 어쩐지 가슴이 짠해졌다.

"곧 식사를 준비하라고 하지."

그러나 자팔은 사무적인 말투로 그렇게 말하고는 방에서 나가 버렸다.

해가 완전히 모습을 감추고 사막이 어둠에 휩싸여도 케이는 그 자리에서 떠날 줄을 몰랐다.

케이는 손가락으로 하염없이 자신의 입술을 쓰다듬고 있었다.

자팔은 처음 만났을 때부터 지금까지 내내 강압적으로 굴었다. 케이의 의사는 아랑곳없이 그를 안고 입을 맞췄다.

그런데 정작 케이가 먼저 키스를 하자 휑하니 나가 버렸다.

케이는 고개를 흔들며 그에 대한 생각을 떨쳐냈다.

무슨 생각을 하는 건지 모르겠다. 꼭 그의 키스를 기다렸던 사람 같잖아!

"무슨 고민이라도 있으신지?"

예기치 않은 음성과 함께 어두워진 실내에 베이지색 군복을 입은 제이가 나타났다.

그는 빙그레 웃으며 발코니로 나와 케이 옆으로 걸어왔다.

"제이! 어떻게 여길……."

"저는 외교관입니다. 국왕 폐하께 문안을 드리는 것도 저의 임무 중 하나지요."

케이는 그의 시선을 피해 버렸다. 어쩐지 지금은 제이의 얼굴을 보는 게 불편했다.

이 성에 오기 전까지만 해도 제이의 말이라면 팥으로 메주를 쑨다 해도 믿었었다.

물론 지금도 그를 믿고 싶은 마음은 굴뚝같았지만 시녀나 자팔이 거짓말을 한 것 같지도 않았다.

그들이 그렇게 맑은 눈으로 거짓말을 했을 리가 없다는 생각이 들었다.

"달이 안 보이네요."

"아······ 네."

제이는 아까 자팔이 서 있던 곳에 서서 어슴푸레한 하늘을 올려다보고 있었다.

마침 잘됐어, 라고 그가 중얼거렸다.

"혹시 어둠을 싫어하나요?"

"아니요, 별로······."

다행이군요, 라며 그는 다시금 우아하게 웃었다.

"케이, 준비가 모두 끝났어요. 오늘 밤 당신과 함께 이곳을 떠날 계획입니다."

9화
쾌락의 끝을 보여 드리지

제이의 돌발적인 말은 케이의 머릿속을 초토화시켰다.

드디어 이곳에서 달아날 수 있다. 자팔의 손에서 벗어나 일본으로 귀국할 길이 열렸다.

그런데 왜 이렇게 숨이 콱 막히는 것일까, 왜 기쁘지가 않은 것일까.

"무슨 걱정이라도 있나요?"

제이는 군모를 벗고 선뜻 기뻐하지 않는 케이의 얼굴을 가만히 살펴보았다.

"만약 왕자한테 들키면……"

들킨다면 또 무슨 짓을 당할지 덜컥 겁이 났다.

그러나 실제로 케이의 머릿속에 떠오른 건 자팔의 상처받은 얼굴이었다.

"안심하고 저만 따라오면 됩니다. 제가 당신을 지켜 드릴 거예요."

어느새 케이를 품에 안은 제이가 마음을 가라앉히려는 듯 사락사락 등을 쓸어내렸다.

귓가에 제이의 속삭임이 닿았다.

"반드시 지켜 드릴 거예요."

케이는 제이의 가슴에 안겨 눈을 감고 자팔의 모습을 몰아냈다.

지금은 여기서 나가는 게 우선이다. 일본으로 돌아가면 그 녀석의 상처받은 얼굴 따윈 금세 기억에서 사라질 것이다. 스스로도 설명하기 어려운 이 아련한 감정도 이내 사라질 게 분명하다.

제이는 자신이 입은 것과 똑같은 영국 군복을 케이에게 내밀었다.

"당신을 제 부하로 위장해 성을 탈출할 거예요. 밖에 지프를 세워놨어요. 거기까진 말을 타고 가야 합니다."

케이는 순순히 그의 말을 따랐다.

"경비가 알아보면 어쩌죠?"

"다행히 제가 이 방에 들어온 걸 본 사람은 아무도 없어요. 군복을 입으면 무조건 고개를 숙여야 하는 게 이곳의 예법이라 당신 얼굴을 볼 틈도 없을 겁니다."

군복을 입어본 적이 없는 케이는 제이의 도움을 받아 재빨리 준비를 마쳤다.

제이는 수로를 흐르는 물로 손을 적셔 케이의 부드러운 머리카락을 뒤로 넘겨주었다.

마지막으로 군모를 깊이 눌러써서 얼굴을 가리자 케이조차 자신의 모습을 알아보기 어려울 정도였다.

"자, 이제 이곳과는 영영 이별입니다."

제이를 따라 케이도 웃어보려 했지만 가슴이 떨려 웃음이 나오지 않았다.

건물 뒤에 위치한 마구간으로 나가자 그곳에 있던 시종이 그의 말대로 얼른 고개를 숙였다.

제이가 별다른 말을 하지 않았는데도 시종은 그의 백마를 끌고 나왔다.

케이와 제이는 나란히 백마 위에 올라타 천천히 성문으로 향했다.

경비병이 제이를 확인하고 굳건히 닫힌 성문을 열어주었다. 마침내 자유로 향하는 길이 활짝 열렸다.

꽉 잡으라는 제이의 말에 케이는 고삐를 꽉 움켜쥐었다. 제이가 박차를 가하자 백마가 총알같이 달려나가기 시작했다.

달빛 하나 없는 사막은 농밀한 어둠에 휩싸여 있었다. 햇빛이 작열하는 한낮의 모습과는 전혀 다른 풍경을 보니 마치 딴 세상에 온 것만 같았다.

제이가 전방을 가리키자 점을 콕 찍은 것처럼 작은 불빛이 보였다.

눈을 가느다랗게 뜨며 애써 초점을 맞춰보니 아무래도 모닥불이 아닐까 싶었다.

이렇게 간단히 탈출할 줄은 몰랐다. 지금쯤 자팔은 아무도 없는 방에서 망연자실한 채 서 있겠지.

케이가 뒤를 돌아 아련하게 보이는 궁을 쳐다보자 제이는 한쪽 팔로 그의 몸을 안아주었다.

"잊어버려요. 이 나라에 대해서도, 그에 대해서도."

제이가 케이의 귓가에 대고 속삭였다. 묘한 느낌이었다. 제이가 뜨거운 입김을 불어넣으며 귀에 입을 맞춘 듯한 느낌이 얼핏 들었다.

설마……

케이는 공연한 생각이라며 애써 그 느낌을 떨쳐냈다. 제이는 자팔과는 다른 사람이니까.

제이가 더욱 거세게 박차를 가하자 말이 어둠 속을 맹렬하게 질주했다.

케이는 멀리서 희미하게 흔들리는 불빛만을 응시했다.

그의 말이 맞다. 그 자식과 있었던 일은 잊어야 한다.

한참을 더 달려가자 새끼손톱보다 작아 보였던 불빛이 너

울너울 춤추는 모습까지 보일 만큼 가까워졌다.

목적지에 도착해 말에서 내린 두 사람은 서둘러 지프 뒷좌석에 올라탔다.

"제이, 저 백마는요?"

케이의 옆에 올라탄 제이가 의아한 얼굴로 대답했다.

"저 말에는 볼일이 끝났는데, 왜요?"

"그럼 누가 저 말을 데리러 오나요?"

"모르지요. 왜 그런 걸 신경 쓸까요?"

그런 거…….

케이는 그의 말을 듣고 깨달았다. 백마는 사막 한가운데 버려진 것이다.

제이는 백마를 데리고 갈 마음도, 누구를 보낼 마음도 없었다.

말에게 귀소본능이 있다는 것은 알고 있지만, 과연 이런 허허벌판에서도 그 본능은 말을 집으로 이끌어 줄까?

케이는 무슨 말을 하려다가 입을 다물었다.

지금은 자신의 앞가림을 하는 것만도 벅차다. 말을 데리고 가자고 고집을 부릴 만한 입장이 아니다.

별안간 아무리 고비를 잡아당겨도 꼼짝도 하지 않았던 흑마가 생각났다.

늘 붙어다녔던 흑마와 자팔은, 그냥 하는 말이 아니라 진짜 친구 같았다.

그는 언제나 자기보다 먼저 말에게 물을 마시게 했고, 말을 부린다기보다 같이 달리는 것 같았다.

「인간의 흉악한 이기심에 휘말려 죽을 녀석이 아니었어!」

자팔의 비통한 속삭임이 머릿속에서 메아리 쳤다.

나는 백마가 죽어가는 걸 방관했어. 성에서 달아나 여기까지 데려다준 백마를.

"케이, 갑자기 너무 많은 일이 일어나서 혼란스러운가 보군요. 복잡하게 생각하지 말고 잠시 눈이라도 붙여요."

제이는 케이의 몸을 잡아당겨 자신의 몸에 기대게 하고 모자를 벗긴 후 이마에 입을 맞추었다.

그의 말이 맞다. 케이는 괴로운 현실로부터 벗어나기 위해 눈을 감았다.

얼마나 달렸을까.

지프가 사막을 벗어나 경사진 길을 오르더니 현수교를 건너고 있었다. 하늘을 올려다보니 달이 중천에 떠 있었다.

그들이 현수교를 벗어나자 다리가 반으로 나뉘더니 양쪽으로 갈라져 길을 차단했다.

이윽고 지프가 오래된 성 앞에 정지했다.

제이와 함께 차에서 내려보니 주변은 온통 절벽이었다. 건너편 절벽 아래쪽은 끝이 보이지 않을 만큼 광활한 황야가 펼쳐져 있었다.

"제이, 여긴……."

"여기서 하룻밤 쉬었다 갈 거예요. 위치상 누구라도 쉽사리 침입하기 어려운 곳이니까 안심하고 쉬어요."

케이는 얌전히 고개를 주억거렸지만 외따로 떨어진 섬에 갇힌 것 같아 다시 불안해졌다.

성안은 몹시 어두웠다. 아주 드문드문 촛불을 켜두어서 간신히 앞을 분간해 낼 정도였다. 그래서 그런지 분위기가 무척 을씨년스러웠다.

촛불을 든 제이의 안내로 케이는 이층 가장 안쪽에 위치한 방으로 들어갔다.

방은 자팔의 침실만큼 호화스러웠다.

케이는 식사를 거절하고 커다란 캐노피 침대에 드러누웠다.

"잠부터 자야겠어요. 너무 피곤해."

"그럼 회의가 끝나는 대로 마실 거라도 가지고 올게요."

제이는 사이드테이블에 양초를 놓고 방에서 나갔다.

모두 잊을 거다. 이 나라에서 있었던 일 모두를.

케이는 수없이 반복하며 눈을 감았다. 그러나 좀처럼 잦아들지 않는 심장 소리가 졸음을 저만치 밀어버렸다.

눈을 감을 때마다 자팔의 얼굴이 떠올랐다.

왕궁을 떠나기 전 발코니에서 본 그는 살짝만 건드려도 흐

를 것 같은 눈물을 참아내며 애써 덤덤한 표정을 짓고 있었다.

떠오르는 건 그뿐만이 아니었다.

「내 이름을 불러줘.」

숱하게 반복하던 불안한 음성.

「왕자님께서는 놀이상대는커녕 싸울 상대조차 가져본 적이 없으세요.」

그렇게 말하며 케이의 손을 잡았던 시녀의 간절한 얼굴.

케이는 쿠션에 얼굴을 묻고 시트를 움켜쥐었다.

"이제 됐어. 나랑은 아무 상관없는 일이야!"

케이는 자신을 향해 큰소리로 외쳤다.

심장 소리가 사그라들고 호흡이 다소나마 잠잠해질 즈음, 케이는 문득 이상하다는 생각이 들었다. 성안이 너무 조용했다.

사막에서 천막을 치고 지낼 때에도 고막이 울릴 만큼 정적에 휩싸일 때가 있었다.

하지만 지금의 정적은 종류가 달랐다. 의도적으로 숨을 죽이고 있는 것만 같은 꺼림칙한 느낌.

케이의 불안을 부채질하듯 사이드테이블에 놓아둔 촛불이 훅 꺼졌다.

커튼을 친 방 안에는 달빛조차 닿지 않았다.

제이는 앞으로의 일정에 대한 회의가 있다고 했었다. 그렇다면 당사자인 케이를 회의에 데리고 가야 맞지 않을까?

한 번 의심을 품자 의문이 꼬리에 꼬리를 물었다.

케이는 되도록 소리를 내지 않고 침대에서 내려가 바깥의 동태를 살폈다. 그리고 아무도 없다는 확신이 들자 문을 열고 살금살금 복도로 나갔다.

계단 근처까지 걸어가 아래층을 살펴보았지만 일 층에는 불빛은커녕 인기척도 없었다.

위층으로 이어지는 계단을 올려다보니 불빛이 몇 개 아른거렸다.

케이는 육중한 난간을 따라 삼 층으로 향했다.

복도 안쪽에서 누군가 목소리를 죽이고 소곤거리는 소리가 들렸다.

소리를 따라가 보니 가장 안쪽 방 문틈으로 불빛이 희미하게 새어 나오고 있었다.

케이는 발소리가 나지 않도록 최대한 긴장하며 벽에 등을 바싹 붙였다.

"밸런타인은 너무 둘러가려는 경향이 있어."

낯선 사내의 음성이었다.

"보호구역에 있는 동물은 모조리 죽여 버리면 그만이잖아."

"자팔은 눈엣가시야. 밸런타인도 놈 때문에 계획이 틀어져 속으로 이를 갈고 있을걸."

"광산에서 보석만 채취해 가면 여왕 폐하께서 어떻게든 수습해 주실 텐데 말이지."

밸런타인…… 이라면 제이? 제이의 계획? 저게 무슨 소리지?

"밸런타인은 폐하의 힘을 빌리지 않고 자력으로 보석을 손에 넣기로 결심한 거 같아. 한 번 실패했으니 이번엔 만반의 준비를 하겠지."

"거참, 생각할수록 아깝단 말이지. 호랑이가 덮쳤을 땐 꼼짝없이 죽나 보다 했지만 그래도 그 일을 빌미로 우리한테 칼자루가 넘어왔었지 않나. 그런데 왕자가 나서서 호랑이를 죽이는 바람에 결국 본전도 못 건졌어. 어린놈이 그래도 왕자랍시고 애국심은 철철 끓어가지고."

"어쨌든 아까 그 일본인 꼬마 녀석이 왕자의 약점이라니 어떻게든 되겠지. 밸런타인은 입이 찢어지던데."

"일본인은 다루기가 편해서 좋아. 그놈도 성을 빠져나가게 도와주겠다니까 쫄레쫄레 따라왔다잖아. 제가 인질이 된 줄도 모르고……."

인질……?!

케이는 소리가 튀어나오기 전에 간신히 입을 틀어막았다.

방금 들은 얘기에 따르면 제이는 처음부터 그를 달아나게 해줄 마음이 없었다는 건데…….

케이는 시녀가 했던 말을 다시 곱씹어보았다.

「밸런타인 씨는 동물보호구역에 있는 광산을 무단으로 침입했어요.」

"케이."

화살처럼 날아온 음성에 케이는 기절할 것처럼 놀랐다. 언제 왔는지 제이가 어두운 복도에 서 있었다.

마치 어둠속을 부유하는 체온 없는 유령처럼, 그는 아무 기척 없이 다가와 메마른 미소를 흘렸다.

"남의 얘기를 엿듣는 고약한 취미가 있는 줄은 몰랐군요."

겉만 봐선 여느 때와 다름없는 상냥한 얼굴이었다.

케이는 신경이 쪼그라드는 것 같은 공포를 느꼈다.

"제이…… 날 탈출시켜 준다고 하지 않았나요……?"

턱이 덜덜 떨렸고 아랫입술에선 경련이 일어났다.

"그랬지요. 실제로 이렇게 왕자에게서 벗어났고요."

제이는 느닷없이 케이의 팔을 움켜쥐더니 반대편 방문을 열고 그를 거칠게 밀어 넣었다.

불빛 하나 없는 캄캄한 방이었다. 제이는 그에게서 시선한 번 돌리지 않고 팔을 뒤로 돌려 문을 걸어 잠갔다.

"그런 표정을 짓는 걸 보니 매우 유감입니다. 틀림없이 기뻐해 줄 거라 생각했는데."

본능적으로 뒷걸음질 치던 케이의 다리가 침대 매트에 걸렸다.

후훗. 음산한 웃음소리가 방안에 울려 퍼졌다.

"어쩔 셈이죠……?!"

"며칠 왕자한테 총애를 받았으니 다 알 텐데?"

케이의 눈앞에 우뚝 선 제이는 군복 주머니에서 붉은 액체가 든 작은 병을 꺼냈다.

"웬만하면 이 '술'은 쓰고 싶지 않았어요."

엄지로 뚜껑을 열고 그는 눈을 실쭉하게 뜨며 씨익 웃었다.

"쾌락의 끝을 보여 드리지. 그 남자의 손이 아닌, 내 손으로."

10화

구두 굽에 묻은 모래 한 알까지

"잠시 얘기나 나눌까요? 술이 효과를 발휘할 때까지."

제이가 억지로 먹인 붉은 액체는 케이의 식도와 내장을 불태우며 몸속으로 침투했다.

술이라곤 했지만, 그것은 마치 미약처럼 케이의 온몸을 뒤흔들었다.

몇 번이고 토해내려 했지만 그걸 두고 볼 제이가 아니었다.

제이는 고통스러워하는 케이의 양팔을 뒤로 돌리고 무릎을 꿇게 만들어 케이의 군복 벨트로 팔목과 발목을 칭칭 동여맸다.

손과 발이 묶인 케이는 웅크린 자세로 침대 위에 쓰러졌다.

"먼저 당신 질문에 대답해 드리지요."

제이는 침대에 걸터앉아 다리를 꼬며 가라앉은 음성으로 말했다.

"당신을 곧 일본으로 보내 드릴 겁니다. 모든 일이 완벽하게 끝나면요."

크크크. 목울대를 울리는 음산한 웃음소리에 케이는 끝없는 분노를 느꼈다.

말로는 일본으로 보내준다고 하지만 제이의 비열한 웃음소리는 케이를 결코 놓아줄 생각이 없음을 여실히 드러내고 있었다.

마치 약처럼 퍼져 나가는 술기운 탓에 위가 타들어갈 것처럼 뜨거워졌다.

이 지역에서 나는 선인장으로 담그는 이 술은 지나치게 흡수력이 좋아 원래는 물로 적당히 희석해 먹어야 한다고 한다.

그걸 제이는 통째로 케이에게 마시게 했다.

굳이 효과를 설명해 가면서.

"자팔 전하께서 당신 때문에 애를 먹는 것 같더군요. 그 동물보호구역에 있는 광산에서 보석을 채집하려는 우리의 계획을 눈치챈 후 왕자는 우리를 줄기차게 방해해 왔지요. 이미 국왕의 허가가 떨어졌는데도 고집을 거두지 않았어요. 이유가 뭔지 알아요? 생태계를 위협해서랍니다. 한심하기 짝이 없는 이유죠."

케이는 벨트를 풀려고 안간힘을 썼다.

그러나 그럴수록 벨트는 손목과 발목을 더 깊이 파고들 뿐이었다.

버둥거리는 케이를 보며 제이는 코웃음을 쳤다. 케이는 입술을 깨물며 침대 시트에 얼굴을 묻었다.

이런 꼴을 당하고 나서야 자팔이 했던 말들이 생각났다.

케이가 동물보호구역에 간다고 했을 때 그는 안색을 바꾸며 크게 분개했다.

왕권 후계자가 동물을 친구라고 지칭하며 쓸쓸한 표정을 지었던 것도 생각났다.

제이를 덮친 호랑이를 직접 죽이겠다고 결심했을 때 그는 얼마나 모질게 이를 악물어야 했을까.

틀림없이 그는 지금 이 순간에도 눈물을 삼키며 끊임없이 사죄하고 있을 것이다.

당시 호랑이를 죽이지 않았다면 저들은 보호구역을 폐쇄하라는 요구를 관철해 그곳에 서식하는 동물들을 모조리 학살해 버렸으리라.

그러나 사건의 발단도, 호랑이를 죽여야 했던 이유도, 모든 건 인간들의 이기심으로 비롯됐다.

"우리 여왕 폐하께서 그 광산에서만 채취할 수 있는 보석을 간절히 기다리고 계신답니다."

"당신은…… 출세 때문에 동물의 목숨을……."

"그게 뭐 잘못됐나요?"

제이는 케이의 말을 자르며 냉정하게 대꾸했다.

"흔해빠진 동물들은 아무 가치가 없어요. 그걸 지키겠다고 귀한 보석을 그대로 잠자게 두는 건 어리석은 짓이에요."

그가 평소 같지 않게 흥분한 음성으로 그렇게 말하더니 빙그레 웃었다.

제이는 다리를 반대로 꼬고 케이의 어깨를 잡아 바로 눕혔다.

그리고 벨트에 달려 있던 단검을 꺼내 칼끝을 케이가 입은 군복 사이로 슬며시 들이밀었다.

"정말 유감이에요. 저는 정말로 당신이 기뻐할 줄 알았거든요."

단검이 군복 상의의 단추를 하나씩 하나씩 떼어냈다.

"그렇지 않나요? 그 왕자에게 복수할 기회예요. 당신도 그렇고 나도 그렇고."

단추가 모두 떨어지자 제이가 상의를 양쪽으로 펼쳤다.

그리고 군복 안에 입었던 얇은 셔츠를 단번에 찢어버렸다.

"이, 이러지 말아요!"

케이는 다리를 버둥거렸지만 맥없이 시트만 걷어찰 뿐이었다.

체온이 무섭게 상승하며 급격하게 발열하는 것처럼 눈가가 화끈거렸다.

점점 몸이 마비되어 손가락 하나도 원하는 대로 움직이지 않았다.

"크크크……. 슬슬 술이 효력을 발휘하는 것 같군요."

"하아……!"

제이가 단검을 뉘어 케이의 가슴에 자리 잡은 작은 알맹이를 내리누르자, 그 차가운 감촉에 케이의 것이 발딱 고개를 쳐들었다.

마치 성기를 직접 애무 받을 때처럼 등줄기가 뜨끈해졌다.

잠깐…… 그 술이 설마 이런 효과를 보이는 건가……? 단순히 독한 술이 아니었단 건가……?

제이는 단검을 검집에 넣고 손으로 알맹이를 살짝 꼬집고, 굴리고, 긁었다.

"그, 그만! ……읍!"

"제게 협조할 마음이 없다면, 안됐지만 일본으로 보내줄 수가 없어요."

제이는 금발을 묶었던 리본을 풀고 침대 위로 올라와 케이의 몸을 덮었다.

"앞으로 당신은 제 옆에 있게 될 거예요. 성을 방문할 때마다 제 곁에 서서 제 명령을 따르는 당신을 보고 왕자가 어떤 표정을 지을지 매우 궁금하군요."

"누가…… 네 명령 따위를……!"

"그럼 불행히도 여왕 폐하의 힘을 빌리는 수밖에 없지요."

승리를 확신하는 제이의 말에 케이는 말로 형용하기 어려운 공포를 느끼며 가련하게 몸을 떨었다.

"아시나요, 케이? 게임에서 퀸은 가장 강력한 말이에요. 자팔은 하수가 잡는 검은 말, 고수가 잡는 흰말은 바로 저라는 걸 기억해요."

"자팔은 왕이 될 남자야!"

"알고 있습니다. 당신을 데려온 이유가 그래서예요."

케이가 목청을 돋워도 제이는 냉정을 잃지 않고 받아쳤다.

그는 하얗고 가느다란 손가락으로 케이의 목을 쓸어내렸다.

"당신의 목에 칼날을 들이대면 전하는 꼼짝 못할 거예요. 아즈할 국왕과 아무 상관없는 사람이 희생양이 되는 걸 과연 그가 팔짱 끼고 구경만 할까요? 처음 본 순간부터 전에 없이 집착을 보였던 사람인데?"

목을 쓸어내리던 제이의 손이 쇄골을 지나 빨갛게 튀어나온 부분에 닿았다.

"으윽……."

"체크메이트. 그는 동물도, 보석도, 자존심도, 그리고 사랑하는 사람까지 내게 빼앗기게 될 거예요."

욕을 퍼부으려던 케이의 입이 제이의 입술에 막혀 버렸다.

그가 젖꼭지를 휘어잡자 미약 같은 술이 침투한 몸이 움찔, 하고 경련을 일으켰다.

"이, 이러지 마……!"

케이가 고개를 돌리자 제이는 그의 반응이 재밌다는 듯 키득키득 웃으며 흐트러진 머리카락을 귀에 걸었다.

"어쩌면 이렇게 귀여우신지. 가르릉가르릉 앙탈을 부리는 모습도 귀엽지만 울고 매달리는 얼굴은 또 얼마나 귀여울까요."

제이는 케이가 입은 바지의 지퍼를 내리고 그 안으로 손을 집어넣었다.

케이의 중심부위는 벌써 후텁지근한 열기를 발산하고 있었다.

"안 돼! 안 돼……!"

제이는 커다란 손으로 그것을 감싸 안아 두세 번 위아래로 움직였다. 끝에서 끈적한 애액이 스며 나오자 그는 엄지 끝으로 그 주위를 살살 문질렀다.

손가락에 강약을 주어 상대를 애태우는 그의 움직임에 케이를 들끓게 하는 열기가 더욱 빠르게 상승했다.

"그 애송이는 잊어버려요. 앞으로는 제가 마음껏 사랑해 드릴게요."

"싫어! 싫다고! 싫어!"

은밀한 부위가 상하로 사정없이 움직이자 극심한 쾌락이

몰아닥쳤다.

제이의 손길이 닿을 때마다 술기운은 더 깊이 케이의 몸으로 침투했다.

하복부에서 꿈틀대던 열기가 단번에 솟아오르며 케이를 절정으로 밀어 올렸다. 온몸이 그곳에 도달하고 싶다고 비명을 질러댔다.

심장이 아랫도리로 옮겨간 것처럼 그곳이 격렬하게 맥박 쳤다.

"하아아! 아흐읍……!"

술은 케이의 의식에도 침투해 마지막 자존심까지 앗아가려 하고 있었다.

이 비열한 자식에게 무릎을 꿇을 수는 없다.

이성은 그렇게 외치는데도 몸은 그의 말을 듣지 않았다.

"이렇게 물방울을 흘리면서 고집은……. 원한다고 한 마디만 해요. 최고의 쾌락을 선사해 줄 테니."

"웃기지 마……!"

케이는 이를 악물며 이성의 끈을 부여잡았다. 제이는 터질 것처럼 부푼 케이의 분신을 꽉 잡고 위아래로 훑어 내렸다.

"하으윽, 흐읍……!"

숨이 가빠지고 눈앞에서 불꽃이 튀었다.

사지를 들끓게 만드는 열기를 밖으로 내보내고 싶었다. 그러나 제이의 손길은 딱 그 정도에만 머물러 있었다.

케이의 양손은 벨트로 묶여 있었고 어떻게든 해보려고 다리를 움직여도 의미 없이 시트만 걷어찼다.

제이는 몸을 젖히는 케이의 목덜미에 얼굴을 묻고 혀로 목선을 핥았다.

겨우 그 정도로도 케이의 몸에는 찌릿찌릿한 전류가 흘렀다.

케이가 주춤주춤 허리를 흔들자 그의 중심을 붙들고 있던 제이의 손이 거칠게 뿌리를 움켜쥐었다.

"흐악⋯⋯!!"

케이가 비명을 지르자 제이는 키득거리며 웃었다.

그는 침대 위에 놓여 있던 리본을 집더니 고개를 빳빳이 들고 있는 케이의 중심부를 칭칭 감아 묶었다.

"아주 예뻐요, 케이."

"이게 무슨 짓이야!!"

제이의 손가락이 사정을 재촉하며 뿌리 뒷부분을 만지작거리다가 질척하게 젖은 총구를 약 올리듯 애무했다.

케이의 중심에 쾌감을 넘은 쨍한 고통이 번졌다.

갈 길이 막힌 열 덩어리가 체내에서 몇 배나 기세를 더해 화산폭발이라도 일으킬 것처럼 김을 뿜어냈다.

"저를 원한다고 말해요. 서두르지 않으면 당신의 소중한 부위를 다칠지도 몰라요."

케이는 고통에 못 이겨 정신이 오락가락했다. 입을 열었지만 소리가 나오지 않아 입만 벙긋거렸다.

제이는 머리카락을 귀 뒤로 넘기고 케이의 입가에 귀를 댔다.

"자…… 팔……. 자팔……."

그 소리를 들은 순간, 여유만만하던 제이의 얼굴에서 웃음기가 싹 가셨다.

그는 케이의 바지를 거칠게 끌어내리고 중지를 작은 열매 안에 쑥 집어넣었다.

"하읔! 안 돼애애!"

제이의 손가락이 그 안을 마구잡이로 휘저으며 케이가 반응을 보이는 지점을 찾아냈다.

제이는 손가락을 하나 더 집어넣어 그곳을 살짝살짝 문지르며 끈질기게 공략했다.

"잘 안 들렸어요. 다시 한 번."

"저리 가! 저리 가란 말이야!"

술기운 탓에 잔뜩 흥분한 전립선에 자극이 닿자 케이는 눈을 부릅뜨고 비명을 질렀다.

과도한 쾌감이 아픔으로 변해 케이를 뒤흔들었다.

의식이 멀어지며 심장이 튀어나올 것처럼 가쁘게 뛰었다.

이대로 미쳐 버리는 건 아닌지, 케이는 두려웠다.

그때 멀어지는 의식을 뚫고 어디선가 바람을 가르는 굉음이 들려왔다.

빠르고 규칙적으로 이어지는 그 소리는…… 헬리콥터 소리였다.

환상이다……. 드디어 미쳐 버린 거야, 내가…….

케이는 쓰게 웃으며 눈을 감았다.

그 순간, 강렬한 빛이 커튼 사이를 뚫고 들어왔다.

제이는 케이의 몸 위에서 벌떡 일어나 창가로 뛰어갔다. 커튼을 열어젖히는 그의 얼굴에 당황한 기색이 역력했다.

"무, 무슨 일이지?!"

창문을 열고 하늘을 올려다보자 몇 대의 헬리콥터가 고성을 에워싸고 있었다.

케이는 상황을 인지하지 못한 채 거친 숨을 몰아쉬었다. 의식은 몽롱했고 몸은 납덩이처럼 무거웠으며 체온은 가파르게 상승했다.

문밖에서 사내들이 내지르는 함성이 이어지고 방이 흔들릴 만큼 거칠게 문이 열렸다.

그 모습을 보면서도 케이는 눈앞에서 벌어지는 일이 꿈인지 생시인지 분간하지 못했다.

방 안으로 자팔이 뚜벅뚜벅 걸어 들어왔다.

케이가 휘두르려다가 볼썽사납게 고꾸라졌던 그 묵직한 검을 들고.

그는 케이를 한 번 훑어본 후, 검을 치켜들더니 검끝을 제이에게 향했다.

제이는 뼈가 드러나도록 커튼을 움켜쥔 채 자팔을 노려보
았다.

"애송이 놈……!"

"네놈이 이 나라에 있는 한 구두 굽에 묻은 모래 한 알까지
도 아즈할의 차기 국왕, 이 자팔 아사드 바실의 것이다."

늠름하고 고귀함이 넘치는 더없이 믿음직스러운 음성을
들으며 케이는 이내 정신을 잃고 말았다.

11화

벗어나고 싶었는데

"케이…… 케이……!"

머리를 울리는 소음 속에서 자팔의 목소리가 귓가로 스며들었다. 간신히 의식을 찾은 케이는 눈앞에 자팔의 얼굴이 보이자 가슴을 쓸어내렸다.

귓가를 두드리던 소음은 헬리콥터의 프로펠러 소리였던 모양이다. 자팔은 케이를 시트로 둘둘 감아 꼭 끌어안고 있었다.

케이가 여전히 가물가물한 정신으로 자팔을 올려다보자 그는 까만 눈썹을 찡그리며 안도인지 슬픔인지 모를 난해한 표정을 지었다.

케이야말로 혼란스러웠다.

'······난 이자에게서 벗어나고 싶어하지 않았나······.'

그런데 가슴속으로 묵직하게 퍼져 나가는 감정의 정체를 정의할 수가 없었다.

안도감과 함께 뒷덜미를 잡아당기는 불편한 마음이 케이의 사고를 가로막았다.

케이는 자팔의 가슴에 얼굴을 묻고 검은색 옷을 살짝 쥐었다.

"나한테······ 약 같은 것을 먹였어."

술이라고 했지만, 이래서야 이미 술이 아니다. 자팔의 팔이 긴장감으로 팽팽해졌다.

"괴로워······."

고통을 호소하며 시트 안에서 중심부를 만져보니 리본은 사라지고 없었다.

자팔은 케이를 안고 있던 손을 시트 안으로 집어넣어 중심부를 잡고 위아래로 빠르게 움직였다.

"흐읍······ 하아······!"

잠시 잦아들었던 열기가 단번에 끓어오르며 케이의 몸을 산 정상 근처까지 끌어올렸다.

"참지 마. 프로펠러 소리 때문에 아무도 못 들어."

"하아악! 몸이······ 뜨거워······!"

자팔의 손이 사무적으로, 기계적으로 움직였다.

"흐아아아……!!"

눈앞에 새하얀 벌판이 펼쳐진 순간, 케이는 몸을 부르르 떨며 열기를 쏟아냈다.

술의 효과가 정점에 이르러 있는 데다가 제이가 이미 잔뜩 약을 올려놓았던 터라 정상에 오르는 건 순식간이었다.

몸과 마음을 송두리째 뒤흔드는 강렬한 감각에 케이는 다시 정신을 잃기 시작했다. 자팔의 옷을 필사적으로 쥐며 그는 속삭였다.

"자팔……."

"아무 말도 하지 마."

케이의 마음을 꿰뚫어보기라도 한 듯 자팔은 그의 말을 잘랐다.

질끈 감은 케이의 눈에서 눈물이 주룩 흘러내렸다.

자신은 자팔에게서 벗어나길 바랐다. 그래서 제 발로 제이를 따라나섰다.

그걸 모를 만큼 자팔은 바보가 아니다.

케이가 탈출을 시도했다는 걸 그는 응당 알고 있을 것이다. 그런데…….

"미안해……."

"……프로펠러 소리 때문에 안 들려……."

"미안해, 자팔……."

"아무것도 안 들린다고."

무언가가 가슴속에 뿌리를 내리며 심장을 압박했다. 케이는 감정이 복받쳐 서럽게 울기 시작했다.

자팔은 잠자코 케이를 안아주었다. 정수리에 입을 맞추며 등을 쓰다듬는 그의 손길이 한없이 따스했다.

헬리콥터가 성에 도착하자 자팔은 케이를 안고 성큼성큼 걸어갔다.

그는 혼비백산해서 뛰어오는 시종들을 물리치고 그대로 침실로 향했다.

야심한 시간인데도 그의 침실에는 몇 명의 시녀가 대기하고 있었다.

시녀 한 사람이 침대에 누운 케이를 살펴보고는 새파랗게 질린 표정을 지었다.

"케이, 목욕할래? 아니면 의사를 부를까?"

자팔이 이렇게 당황하는 건 처음이었다.

"몸이…… 뜨거워……."

모로 누워 있던 케이는 손을 뻗어 자팔의 옷자락을 잡아당겼다.

"뜨거워서 미칠 것 같아……."

"케이……."

"그걸로는 부족해."

간절함이 묻어나는 음성이었다.

자팔은 망설이는 눈빛으로 침대 옆에 어정쩡하게 서 있

었다.

곧 그가 시녀를 물리려고 뒤를 돌아보자 그가 입을 열기도 전에 그녀들은 고개를 한 번 숙이고 사라졌다. 어쩐지 왕자가 아닌 케이를 향해 인사를 올린 것처럼 보였다.

"케이, 넌 나한테서 달아나고 싶어 했어."

"당신 때문이야……. 당신이 내 몸을 이렇게 만들었어……."

케이는 가쁘게 숨을 몰아쉬며 양손으로 얼굴을 덮었다.

"다 내 탓인가……."

제이는 얼굴을 가렸던 케이의 손을 잡아 시트 위에 고정했다.

감정이 극에 달해 금세 눈물을 터뜨릴 것 같은 케이의 눈빛에 자팔은 저도 모르게 입술을 내렸다.

"하…… 아……."

혀와 혀가 얽혀들자 케이는 열락의 세계로 빠져들었다.

간절함을 담아 그의 혀를 받아들이자 달콤한 자극이 하복부로 퍼져 나갔다. 케이의 발가락이 시트를 파고들었다.

"네가 원한다면 앞으로의 일은 잠시 잊어주지. 대신 솔직해져야 해."

"자팔…… 어서, 어서……!"

지금 케이에게는 자존심을 세울 여유가 없었다.

더구나 자팔을 원하는 마음은 진심이었다. 그에게 저항할 마음은 조금도 없었다.

자팔의 큼지막한 손이 그의 몸에 닿기만 해도 짜릿한 전기 충격이 머리에서 발끝까지 퍼져 나가는 것만 같았다.

며칠새 케이의 몸을 속속들이 파악한 자팔은 기교 있는 애무로 그를 낙원으로 이끌었다.

"으윽…… 하으윽……!"

"내가 만져 주기만 해도 좋은가?"

케이는 습윤한 눈동자로 수줍게 고개를 끄덕였다.

이제는 부끄러워하지 않겠다고 고백하고 싶었지만 자팔은 이미 그의 마음을 헤아린 듯했다. 그의 손이 아래쪽으로 조금씩 내려갔다.

"헛! 하아앗……!"

케이의 허벅지 안쪽을 잡아 활짝 열어젖힌 자팔은 움찔움찔 열을 뿜어내는 기둥을 잡아 입안에 넣었다.

"하! 아악! 자팔……!"

혀가 기둥을 말아 올리며 수차례 빨아들이자 케이의 허리가 용수철처럼 튀어올랐다.

"나올 것 같아……!"

자팔이 혀끝을 뾰족하게 만들어 그것을 쓰다듬고 찍어누르자 케이가 몸부림을 쳤다.

땀범벅이가 된 가슴을 들썩이며 케이는 무의식중에 자기 손으로 민감해진 젖꼭지를 쓰다듬었다.

"솔직해지라고 했을 텐데. 케이, 난 네가 원하는 걸 모두 줄 수 있어."

"하악! 아아아아!!"

자팔이 혀로는 돌기를 빙글빙글 돌리고 한쪽 손으로는 절정에 올라 움찔거리는 중심을 주무르며 속삭였다.

"으흡……! ……흡!"

몸 안에 자리 잡은 모든 민감한 부위를 자팔에게 내맡긴 케이는 등을 활처럼 휘며 감미로운 소리를 토해냈다.

두쿵두쿵. 심장이 두근거리고 체온이 급격하게 상승했다.

방 안의 산소가 사라지기라도 한 것처럼 숨이 막혀왔다.

틀림없이 술기운 때문이라고 케이는 자위했다.

작은 병에 담겨 있던 붉은 액체는 지극히 소량이었다. 케이가 마신 분량도 기껏해야 두 모금에 불과했다.

게다가 그로부터 꽤 많은 시간이 흘렀고 파정을 한 것도 수차례다.

그런데도 좀처럼 흥분이 가라앉지 않아 발정 난 짐승처럼 자팔에게 매달리고 있었다.

이 모든 게 그 발칙한 술 탓이다.

케이는 속으로 끊임없이 외쳤다.

"으윽! 자팔, 거기 말고……."

케이는 다리를 벌리며 씰룩거리는 엉덩이 계곡 안쪽을 쓰다듬었다.

"안이…… 이 안이 뜨거워……."

케이가 그렇게 속삭인 순간, 자팔은 손가락 두 개에 침을 묻혀 단번에 계곡 안으로 침입했다.

"아앗! 하악……!"

자팔은 쾌락보다는 촘촘하게 얽힌 내부를 풀어내기 위해 손가락을 벌렸다가 휘젓는 동작을 반복했다.

분주히 움직이던 그의 손가락이 갑자기 쑥 빠졌다.

"케이, 그자와……."

"당신, 탓이라고 했잖아……."

말끝을 흐리는 자팔에게 케이가 단호하게 말했다.

"당신이…… 내 몸을 이렇게 만들었어……. 전부 당신 탓이야……."

자팔의 눈을 똑바로 응시하는 케이의 눈에서 눈물이 흘렀다. 그는 애타게 속삭였다.

"자팔, 더는 못 참겠어. 안이 너무 뜨거워…… 당신을 원해……."

케이가 말을 끝맺기도 전에 자팔은 그의 대퇴부를 움켜쥐고 위로 올렸다. 그리고 단박에 상대의 몸을 뚫었다.

"하아아악!!"

"케이, 케이! 지금 한 말 절대 안 잊을 거다! 절대 안 잊을 거야!"

계곡 안으로 사나운 짐승이 뚫고 들어온 순간, 케이는 희뿌연 액체를 발사했다.

자팔은 그에 아랑곳없이 살과 살이 맞부딪치는 소리가 선명히 들릴 만큼 맹렬한 기세로 진동을 반복했다.

"하악! 하악! 자팔! 자팔……!!"

"몇 번이고 안아주지! 나 없이는 못 살 정도로 네 몸에 똑똑히 새겨줄 거야!"

용암처럼 끓어오르는 감정을 가감없이 드러내며 자팔은 포효했다.

"하! 하으윽! 자팔…… 그만……!"

쉴 새 없이 밀려드는 절정감에 케이는 격정적으로 고개를 흔들었다.

자신의 분신을 끌어당기는 케이의 몸에서 자팔은 천천히 허리를 뗐다.

"자팔, 왜……."

케이가 사탕을 빼앗긴 아이 같은 표정을 지었다. 자팔은 그의 엉덩이를 들어 올리고 위에서 공격해 들어갔다.

"아아악—!!"

손가락으로는 닿을 수 없는 깊은 곳까지 자팔이 뚫고 들어오자 눈앞에서 스파크가 튀었다.

"케이! 원한 건 너야. 내가 어떻게 해주길 바라는지 말해!"

"자팔…… 자팔!"

케이는 그의 이름조차 만족스럽게 부르지 못했다.

한계점까지 팽창한 열풍선이 하복부에서 둥실 떠올랐다. 케이는 몸 안으로 깊이 받아들인 그의 분신을 강력하게 빨아당기며 열을 뿜어냈다.

"하아! 크으윽!!"

케이의 비명과 함께 자팔도 절정을 맞이하며 동굴 끝에서 용솟음쳤다.

두 사람의 결합 부분에서 희멀건 액체가 스며 나왔다.

자팔은 정열적인 행위 끝에 감도는 여운에 잠기며 케이를 꼭 끌어안았다.

달콤한 잠에 빠지며 케이의 눈이 감기자 자팔이 살짝 몸을 떼었다.

침대에서 내려서려던 그의 손이 미약한 힘에 잡혔다.

"자팔…… 가지 마…….."

"그만 쉬어. 푹 자는 게 좋겠어."

케이는 초점 없는 눈으로 고개를 가로저으며 자팔의 손을 잡아당겼다.

"몸이 뜨거워서…… 괴로워…… 자팔…….."

눈만 감아도 잠들어 버릴 것처럼 잠긴 음성으로 케이는 끊임없이 자팔의 이름을 불렀다.

"케이, 너…….."

"아마…… 술기운이 아직 남았나 봐…….."

케이에게 필요한 건 휴식이다. 그걸 잘 알면서도 자팔은 차마 그를 뿌리치지 못했다.

헬리콥터 안에서부터 지금까지 케이는 몇 차례나 절정에 올랐고 몇 번이나 사정했다.

술의 효과는 사라진 지 오래다.

하렘에서 각종 미약과 미주를 경험해 온 자팔이 그걸 모를 리가 없었다.

케이의 말은 거짓이 분명했다. 자팔에게 들킨 줄은 꿈에도 모른 채……

"자팔……"

애달픈 케이의 목소리에 자팔은 보이지 않는 손이 심장을 옥죄는 것 같은 느낌을 받았다.

"그만…… 쉬어야 해…… 케이."

자팔은 다 꺼져가는 목소리로 중얼거렸다. 그것은 케이가 아닌, 자기 자신에게 하는 말이었다.

케이가 상처받은 표정을 지었다.

그 모습을 본 순간 자팔은 눈앞이 아찔해지며 벽이 파도처럼 출렁이는 감각에 휩싸였다.

정신을 차렸을 때 그는 케이에게 키스를 퍼붓고 있었다.

"딱 한 번만이야……"

그러나 두 사람의 행위는 동이 틀 무렵까지 이어졌다.

12화
왕자의 병

희끗희끗한 기운이 서린 빛이 창문 안으로 스며들어 아침이 오고 있음을 고했다.

　실신한 듯 잠에 빠져 있는 케이를 넋 놓고 쳐다보는 자팔의 가슴은 행복으로 가득했다.

　하지만 그에 못지않게 갑갑하기도 했다.

　케이가 사라졌을 때 자팔은 형용할 수 없는 공포를 느꼈다.

　뿌리가 송두리째 뽑힌 것처럼 미동조차 하지 못했고 심장은 가슴을 뚫고 튀어나올 것처럼 요동쳤다.

　케이를 돌보라고 보내놓았던 시녀가 헐레벌떡 뛰어왔을

때, 자팔은 아무 죄 없는 그녀를 상대로 폭풍 같은 분노를 터뜨렸다.

몇 분 후 다소나마 이성을 찾은 그는 미안하다는 말과 함께 소파에 주저앉았다.

명백한 화풀이였다.

아랫사람에게 화풀이를 하는 건 못난 짓이라고 부하들의 귀에 못이 박히도록 말해왔던 그다.

그런데 정작 자신이 통제 불가능한 상황에 빠지자 냉정을 잃고 만 것이다.

제임스 밸런타인의 행적을 알아낸 자팔은 즉시 그를 추격할 준비를 했다.

국왕의 허가 없이 독단적으로 군대를 움직인 죄는 얼마든지 달게 받을 각오가 되어 있었다.

당시 자팔은 냉정한 판단이 불가능한 상태였다.

케이를 되찾을 수만 있다면 설령 왕위 계승권을 박탈당한다 해도 두말없이 받아들일 용의가 있었다.

자팔은 케이가 깨지 않게 살그머니 침대에서 내려와 발코니로 나갔다.

멀리 안개가 자욱이 내려앉은 사막이 보였다.

어째서 그토록 필사적이었는지 자팔은 자문해 보았다.

케이는 이 나라의 국민도 아니고 그에게 충성을 맹세한 부하도 아니다.

그저 이 나라를 방문한 여행객에 지나지 않는다.

처음 사막에서 만났을 때 자팔은 케이를 향해 명백한 적의를 품었다.

광산 얘기로 잔뜩 예민해져 있었던 그는, 케이의 입에서 동물보호구역이라는 말이 나오자 케이가 밸런타인 쪽 사람이라고 믿어버렸다.

천막에 던져 놓을 때만 해도 신상정보를 확인하면 바로 풀어줄 생각이었다.

동물 가죽이나 뿔 따위를 노리는 놈들처럼 적당히 위협하면 모든 걸 이실직고할 거라고 만만히 생각했다.

그런데 케이는 용서를 구하기는커녕 자팔이 누군지 알고도 고개를 빳빳이 들고 제법 짱짱하게 버텼다.

지금 생각해 보면 자팔이 그에게 마음을 빼앗긴 게 바로 그때부터였던 거 같다.

하지만 그때만 해도 어린애가 새 장난감을 욕심내는 것처럼, 귀여운 동물을 키우는 것처럼, 그저 낯선 반응을 보이는 케이를 놀이상대 삼아 곁에 둘 작정이었다.

그런데도 케이가 자신이 아닌 밸런타인을 선택했을 때 까닭모를 짜증이 솟아난 것은 물론, 무수한 바늘로 찔린 것 같은 아픔을 느꼈다.

아픔은 곧 단검으로 심장을 꿰뚫린 것 같은 격통으로 변했다.

그 고통의 실체가 뭔지 자팔은 가늠하기 어려웠다.

지금껏 살아오는 동안 단 한 번도 느껴보지 못한 기분이었다.

사실 케이가 자신을 떠났다는 걸 알았을 땐 극도로 화가 났다.

그런데 고성에서 케이를 본 순간, 분노는 연기처럼 아스라이 사라졌다.

이제 됐어. 그를 다시 내 품에 안을 수 있어.

자팔은 가슴을 쓸어내리며 그렇게 생각했다.

하지만 지금 그는 단검으로 가슴을 찔린 것처럼 아찔한 통증을 다시 느끼고 있었다.

자팔은 조금이라도 고통을 덜어내 보려고 난간을 잡고 고개를 흔들었다.

대체 무엇이 나를 이렇게 동요하게 만드는 거지?!

나는 차기 국왕이 될 사람이다. 겨우 이런 일로 평정심을 잃으면서 어떻게 이 나라를 이끌어가겠다는 거야!

나는 이 나라의 백성들을 더욱 찬란한 미래로 이끌어 나가야 한단 말이다!

자팔은 이글이글 타오르는 눈으로 자신의 손을 노려보았다.

문득 그의 시선 끝으로 앞마당을 지나가는 초로의 노인이 보였다.

그는 자팔을 발견하고 가슴에 손을 얹고 정중하게 예를 갖추었다.

자팔은 침실에서 나가 앞마당으로 향했다.

"일찍 기침하셨습니다, 자팔 전하."

초로의 노인은 동물보호구역을 지키는 수의사였다.

코밑을 덮은 수염은 은색에 가까웠고 머리에 쓴 두건 아래로 보이는 머리카락에도 흰 머리가 섞여 있었다.

"일찍 일어나셨군요. 아직 새벽인데."

노인의 인사를 미소로 받으며 자팔은 하얀 대리석 분수대 난간에 걸터앉았다.

수의사는 자팔이 어렸을 때부터 왕궁에서 일해왔기 때문에 자팔에게는 스승이나 다름없는 사람이었다.

"어젯밤엔 유독 달이 밝았지 않습니까. 말들이 겁을 집어먹을까 걱정이 되어서요……."

그는 일찍 나온 게 아니라 아예 밤을 꼬박 새운 모양이었다.

부지런한 스승의 면모에 새삼 탄복하며 자팔은 길게 한숨을 내쉬었다.

"전하께서는 무슨 일로 이렇게 일찍 나오셨는지요?"

"그게……."

자팔은 고개를 돌리고 말끝을 흐렸다.

다 늙은 노인에게 운우지정을 나누느라 밤이 새는 줄도 몰랐다고 할 수는 없는 노릇이었다.

"간밤엔 꽤 뒤숭숭하더니 혹여 침수에 드시지 못하셨는지요."

"아니, 그건 아닙니다. 일도 무사히 잘 끝났지요. 포상이라도 내려야 할 만큼."

다행입니다, 라며 수의사는 잔잔하게 미소 지었다.

"스승님……."

어렸을 때부터 불러온 호칭으로 노인을 부르자 정면에 서 있던 노인은 자팔의 옆에 자리를 잡고 앉았다.

"말해보십시오. 왕자님께 들은 말은 내 동물들한테도 말한 적이 없어요."

한결 편하게 자신을 대하는 스승을 보며 자팔은 피식 웃었다.

"나는…… 국왕이 될 사람이에요. 만에 하나라도 후계자에서 밀려나 다른 형제나, 그 누군가가 왕이 된다 해도 필요에 따라선 이 한 몸 아낌없이 바칠 각오가 되어 있습니다."

자팔은 잠시 말을 끊었다가 다시 이었다.

"행동에 틈이 있어서도 안 되고 실수가 있어서도 안 돼요. 이 나라의 번영과 국민의 윤택한 생활을 위해 내게 지워진 책임과 의무는 막중해요. 그것은 내가 살아가는 이유이기도 하고요."

자팔이 생각을 정리하고자 잠시 입을 다물었다. 스승은 그가 다시 입을 열 때까지 조용히 기다렸다.

"그런 내가 잘못을 저지르고 있다는 걸 깨달으면 어떻게 해야 할까요……?"

자팔은 모친에게도 보인 적이 없는 나약한 눈빛으로 노인에게 물었다.

"결코 돌이킬 수 없는 중대한 실수를 저지른 것 같아요."

자팔은 얼굴을 들고 성 밖에 펼쳐진 희뿌연 사막을 바라보았다.

"사막에 버려진 걸 주워왔어요. 하지만 곧 원래 있던 곳으로 돌려보내야 하죠. 그 방법도 알고 있고……."

사막을 향하는 시선에 물기가 어리자 그는 그것을 걷어내고자 눈을 꽉 감아버렸다.

"나는 억지로, 강압적으로 그를 가둬놓고 족쇄를 채웠어요. 그를 원하는 자신의 욕망을 채우기 위해……."

별안간 격한 통증이 쏟아졌다.

고통을 견디려고 자팔은 가슴을 움켜쥐고 몸을 웅크렸다.

"왕자님……."

스승은 그의 등을 쓰다듬어 주었다.

"가슴이 아프시군요."

"그…… 뿐만이 아니에요."

자팔은 자세를 바로하며 깊이 숨을 들이마시고 천천히 내쉬었다.

"최근 며칠 식욕이 없어요······. 뜬금없이 가슴이 뛰고 참기 어려울 만큼 갑갑해져요. 밤이 돼도 잠이 안 와요. 단계적인 발열이 이어지고······."

"······이유 없이?"

자팔은 힘없이 고개를 절레절레 흔들었다.

"실은 왜 그런지 알아요. 사막에서 주워온 녀석에 대한 죄책감 탓에······."

그 말을 듣고 스승은 큭큭큭, 하고 웃음을 터뜨렸다.

자팔은 발끈하며 그를 노려보았다.

"뭐예요, 사람이 중요한 얘기를 하고 있는데! 무례합니다!"

"실례했습니다. 부디 자비를."

스승은 고개를 살짝 숙이며 그에게 용서를 구했다.

"알겠습니다, 왕자님."

"뭘 알겠다는 거예요······."

싱글거리는 스승을 보며 자팔이 불퉁하게 물었다.

"왕자님께서는 큰 병에 걸리신 겁니다."

온화한 얼굴과 달리 그의 입에서는 심상치 않은 단어가 튀어나왔다. 그게 사실이라면 온 왕국에 비상이 걸릴 만한 일이었다.

"설마······ 내가 무슨······."

"어떤 명의가 와도 같은 진단을 내릴 겁니다."

"뭣이라?! 내가 그깟 병에 걸렸다고 이럴 리가 없잖아요!

뭐 아는 거 있으면 빨리 말씀해 보세요!"

스승은 벌떡 일어나 으르렁대는 자팔을 잡아 앉히며 조용히 말했다.

"왕자님이 현재 앓고 계시는 병은 '상사병' 입니다."

"상사…… 병?"

맙소사……. 말도 안 된다.

자팔은 기가 막혔다.

그가 아는 사랑은 행복으로 가득 찬 마음이다.

이렇듯 괴롭고 힘든 것이 아니라.

"그럴 리가 없어. 심장이 찢어지는 것 같은데…… 이게 사랑이라고……? 맥박이 흐트러지고 생각대로 되지 않으면 짜증이 나며 눈에 안 보이면 더럭 겁이 나기도 하는 이런 감정이……."

자팔은 말을 하다 말고 입을 다물었다.

이게…… 사랑인가……?

"상대의 목소리에 귀를 기울이세요. 진심이 담긴 말을 솔직하게 받아들이세요."

진심이 담긴 말…….

자팔은 머릿속으로 노인이 한 말을 되뇌었다.

그의 머릿속에 떠오르는 케이는 성깔을 부리는 얼굴, 겁에 질린 얼굴, 이를 악물고 저항하다가 결국 눈물을 흘리는 얼굴 뿐이었다.

퍼뜩 그가 자신에게 미소를 보인 적이 없다는 걸 깨달았다.

자팔은 스승에게 짧게나마 인사할 여유도 없이 바람처럼 내달려 침실로 돌아갔다.

침대 옆에 서서 평온하게 잠든 케이의 모습을 내려다보니 몸보다 큰 납덩이를 삼킨 것처럼 가슴이 답답해졌다.

몇 시간 전, 케이는 그에게 애달프게 매달렸다. 아무리 뿌리쳐도 그의 손을 놓지 않았다.

아마도 미주 탓이었을 것이다. 고약한 약이 그의 정신을 혼탁하게 만든 탓이었을 것이다.

케이가 정신을 차리고 자팔을 본다면 어떤 표정을 지을까. 무슨 말을 할까.

간밤에 있었던 일을 모조리 부정하며 그를 원망하고 또다시 달아나려 할까.

미소 한 번 보여주지 않은 채.

"진심이 담긴 말……."

한 자 한 자 또박또박 발음해 보았다. 잠결에 그 소리를 들었는지 케이가 희미하게 눈을 떴다.

흐릿한 눈빛으로 자팔을 올려다보고는 자그맣게 숨을 내쉬었다.

"자팔…… 여기는……?"

"내 침실."

"그래, 다행이다……. 꿈이 아니었어……."

잔잔한 수면에 물결이 퍼지듯 그의 얼굴에 미소가 번졌다.

"케이, 네가 원하는 게 뭐지?"

발작하듯 고동치는 심장 소리에 묻힐 만큼 나직한 음성이 었다.

케이의 얼굴에서 미소가 사라졌다. 그는 자팔에게서 고개를 돌리고 시트에 얼굴을 묻었다.

"일본으로…… 돌아가고 싶어……. 계속 그랬잖아……."

동그랗게 말린 하얀 등이 희미하게 떨리는 듯 보였다.

자팔은 한참을 서서 케이를 내려다보다가 말없이 침실에서 나가 버렸다.

*   *   *

"……케이님."

시녀의 목소리에 케이는 머뭇머뭇 상체를 일으켰다.

침실 안으로 눈부신 아침햇살이 스며들고 있었다.

아침에 자팔과 대화를 나눈 것 같은데, 그건 꿈이었나?

돌아보았지만 방 안에는 케이와 늘 시중을 들어주던 시녀 뿐이었다.

케이가 일어나자 시녀가 무언가를 내밀었다.

자주색 여권이었다.

"왕자님으로부터의 전언입니다. '모든 준비가 끝났다. 원한다면 오늘 당장 일본으로 돌아가도 좋다'."

케이는 손에 쥔 여권을 시트 위에 떨어뜨렸다.

13화
마법의 카드

비행기가 칸사이 국제공항에 이륙했다. 열흘 만의 귀국이었다.

입국심사를 거치고 수하물 구역으로 나가 사방이 일본인으로 북적이는 걸 보고 나서야 비로소 일본으로 돌아왔다는 실감이 났다.

현재 케이가 가진 건 오로지 여권뿐이었다.

시녀가 여권과 함께 건넨 백 달러 지폐 다섯 장은 정중히 거절했다.

마치 그 돈으로 모든 걸 잊으라는 것 같아 불쾌해져서 받지 않았다. 그동안의 기억 전체가 단지 백 달러라는 듯해서…….

케이는 혼란스러운 심정으로 멍하니 서 있었다.

귀국하는 내내 머릿속으로 골백번도 더 그렸던 시뮬레이션을 현실적으로 하나하나 되짚었다.

공항에서 나가 곧바로 은행으로 간다. 신용카드 분실신고와 함께 카드를 재발급 받는다. 휴대전화도 새로 구입한다.

순간순간 생각이 멈출 때마다 여지없이 그의 얼굴이 떠올라서 무슨 생각이든 해야 했다.

비단 얼굴만이 아니었다. 마지막으로 그에게 했던 말까지 또렷이 기억났다.

케이는 가까운 벤치에 앉아 피곤에 찌든 몸을 웅크렸다. 얼굴을 감싸는 손이 파르르 떨렸다.

잊자……. 잊어야 한다.

나는 일본으로 돌아왔다. 집으로 돌아오기를 간절히 바라지 않았던가. 이제 됐다. 이제 된 거야!

장장 열여섯 시간의 비행시간 동안 케이는 머릿속에서 폭주를 일으키는 회오리 같은 감정에 수없이 휘말렸다.

단순한 오해로 말미암아 낯선 이에게 끌려가 몇 번이나 몸을 빼앗기고, 영문도 모른 채 일본으로 돌아가라는 말을 시녀로부터 전해 들었다.

자팔은 공항에 배웅을 나와주기는커녕 케이가 성을 나설 때에도 얼굴 한 번 내밀지 않았다.

상대의 감정에는 아랑곳없이 내키는 대로 가지고 놀다가 질리면 미련 없이 버리는 게 그의 방식인가.

설마 다른 장난감을 찾아서 자신에게 흥미를 잃은 것인가.

케이는 아랫입술을 깨물며 억지로 분노를 참아냈다.

그 자식에게 분노를 쏟아내고 싶었다. 자신이 아는 모든 독설과 욕설을 퍼붓고 싶었다. 그의 오만한 뺨을 후려치고 싶었다.

그러나 눈만 감으면 떠올리게 되는 그의 얼굴은 화사하게 웃고만 있었다.

살짝만 건드려도 터져 나올 것 같은 눈물을 지그시 눌러 참으며 케이에게 이렇게 말한다.

「케이…… 네가 원하는 게 뭐야……?」

"빌어먹을!"

꽉 깨문 입술 사이로 험한 말이 새어 나왔다.

제발 내 머릿속에서 꺼져! 피곤해 죽겠는데 한숨도 못 잤어. 당신 때문에! 이제 그만 날 놔달라고!

얼마나 시간이 흘렀을까.

문득 주변이 유난히 시끌시끌하다는 생각이 들었다.

안전을 위해 공항을 일시적으로 봉쇄한다는 방송이 흘렀고 사람들이 난처한 표정을 지었다.

케이의 옆을 지나가던 여자 세 명이 상기된 음성으로 떠드는 소리가 들렸다.

"어느 나라 왕자님이 비공식적으로 일본을 방문했다나 봐!"

"나도 좀 전에 가게 갔다가 그 얘기 들었어! 전용기 타고 왔다던데?"

"엄청 잘생겼대! 얘들아, 살짝 보러 가지 않을래?"

왕자님이 일본을 방문해?

설마…….

그는 케이를 만나려고도 하지 않았다. 자팔이 이곳에 왔을 리가 없다.

케이는 뻗어 나가려는 생각을 억지로 막았다. 그래, 그럴 리가 없…….

"케이."

축 쳐져 있던 케이의 어깨가 흠칫했다. 뒤에서 들려온 그 목소리의 임자는 케이가 돌아볼 때까지 기다려 주었다.

일순 의식이 달아나 버릴 만큼 현기증이 일었다.

케이는 천천히 일어나 고개를 돌렸다.

"당신이 어떻게 여기……."

제이였다. 빈틈없이 차려입은 순백의 민족의상에 눈이 부셨다.

그가 특유의 친절한 미소를 지었다.

"실망하는 얼굴이군요. 다른 사람을 기대했던가요?"

그가 키득키득 웃는 것에 케이는 자리를 뜨려고 걸음을 떼었다.

그러나 몇 발짝 가지도 못해 그에게 붙들리고 말았다.

"기다려요, 케이."

"만지지 말아요."

그의 손을 난폭하게 뿌리치자 제이는 다소 놀란 표정을 지었으나 금세 미소를 되찾고 의자에 앉았다.

그리고는 아무 말 없이 케이를 가만히 쳐다보기만 했다.

맘 같아서야 당장 그의 앞을 떠나고 싶었지만, 다시 생각해 보면 그가 이 먼 일본까지 와서 자신 앞에 다시 나타난 이유가 있을 것 같았다.

앉아요, 라는 무언의 압박을 느끼고 케이는 멀찍감치 떨어져 앉았다.

"전하께서 제게 유감이 많으실 겁니다. 그런데도 제게 먼저 부탁을 해오셨죠. 정치적인 지인 외엔 일본에 아는 사람이 없는 전하와 달리 전 이쪽에 친구가 꽤 있거든요. 일을 성사시키려면 제 도움이 필요하다고 생각하신 모양입니다."

고개를 돌리고 앉은 케이에게 제이가 자신이 온 이유를 설명했다.

"성사시켜야 할 일이 뭔데요……?"

케이는 노골적으로 적의를 드러내며 물었다.

그에게 당한 일을 생각하면 이 정도는 약과였다.

"글쎄, 그게 뭘까요. 당신은 제가 뭐라고 대답하기를 바라죠?"

정곡을 찔린 것 같아 케이는 고개를 홱 돌렸다.

"이제 와서 뭡니까? 전 당신이고 그 사람이고 만나고 싶지 않아요. 할 말도 없고."

케이가 하는 말을 들으며 제이는 미소를 거두고 감정 없는 얼굴로 케이의 뒤쪽을 흘끗 쳐다보았다.

의아해하는 케이의 눈빛을 보고 그는 다시 미소를 머금었다.

"케이, 저와 함께 영국으로 가지 않겠습니까?"

이건 또 무슨 소리인가 싶었다.

마음 같아서는 이 자리에서 그의 등짝을 찍어내려도 모자랄 판에 같이 영국으로 가자고?

"지금 장난해요? 천신만고 끝에 귀국한 사람한테 헛소리 작작해요. 겨우, 겨우 자팔한테서 벗어났는데! 더 이상 날 휘두르지 말란 말이에요!!"

호기심 어린 주위의 시선에도 아랑곳없이 케이는 분통을 터뜨렸다.

제이는 케이를 보면서도 흘긋흘긋 그의 뒤로 시선을 던졌다.

아까부터 대체 뭘 보고 있는 거야!

묘하게 산만하게 구는 제이의 행동에 케이는 더욱 신경질이 났다.

"……그렇다고 하네요. 유감입니다. 이렇게 되면 게임 오버인데요."

그의 시선을 따라 고개를 돌린 케이는 자리에서 벌떡 일어났다.

자신이 보고 있는 게 실물인지 착각인지 헷갈릴 정도로 머릿속이 혼란스러웠다.

그곳에는 검은 수트를 입고 머리를 하나로 묶은 자팔이 서 있었다.

"자, 자팔……."

그는 시선을 떨어뜨리며 케이의 눈을 피했다.

고급스러운 명품 수트를 완벽하게 차려 입은 그는 모델처럼 빛이 났지만, 정작 얼굴은 며칠을 꼬박 새운 사람처럼 파리하고 생기가 없었다.

저 사람이 진짜 내가 알던 그 자팔인가……?

케이를 고성에서 구해주었던 그는 주변의 공기를 왜곡해 버릴 만큼 어마어마한 기운을 뿜어내는 사람이었다.

마지막으로 케이를 안았을 때만 해도 정열적으로 수컷의 기운을 뿜어냈던 남자였다.

그런데 지금은 그 모든 것이 사라지고 없었다. 그의 형체를 한 전혀 다른 사람이 서 있는 것만 같았다.

"……사과하고 싶었다."

자팔은 주위의 소란스러움에 묻힐 만큼 작은 소리로 말했다.

"여기까지 와서 네게 사과하는 거야. ……날 용서해라."

그는 그 말만을 남기고 냉정하게 돌아섰다.

케이는 그 등에 대고 무언가를 말하려 했다. 그러나 하지 못했다. 무슨 말을 하려고 했는지도 알 수 없었다.

"전하!"

그를 잡은 것은 제이였다.

"그럼 제가 케이를 데려가도 될까요?"

뒤를 돌아본 자팔의 시선은 오로지 제이에게만 향해 있었다.

"……그거야 케이 마음이지."

자팔은 케이에겐 눈도 돌리지 않고 그대로 가버렸다.

케이는 다리에서 힘이 빠져 다시 의자에 주저앉았다.

양손이 부들부들 떨리고 있었다. 무언가가 내장을 찍어 내리는 것처럼 가슴이 답답했고 심장은 미친 듯이 뛰어댔다.

"잘됐군요, 케이. 모든 게 당신이 원하는 대로 됐어요."

그래……. 이제 다 끝났다.

그는 자팔의 손에서 완전히 벗어났고 일본으로 돌아왔다. 모든 게 케이가 원하던 바였다.

그런데 왜일까. 어째서 가슴에 커다란 구멍이 뚫린 것처럼 공허한 기분이 드는 걸까…….

"사람을 그렇게 가지고 놀더니 질리니까 미련 없이 버리는 건가. 세상 참 편하게 사네…….."

케이가 중얼거리는 소리를 들었는지 제이는 키들키들 웃으며 말했다.

"비련의 히로인 놀이인가요? 즐거워 보이는군요."

"뭐라고요……?!"

제이는 조소를 담은 눈으로 케이를 응시했다.

"당신한테 그런 말 듣고 싶지 않아! 대체 무슨 수작이야!"

"제게도 발언권은 있습니다."

냉랭한 얼굴로 제이가 말을 받았다.

"쓸데없이 오기나 부리면서 서로 상처를 주고받는 게 취미라면 지금 잘하고 있는 겁니다. 그런데 말입니다. 겨우 이러려고 내 계획을 쑥대밭으로 만들었나 싶어 대단히 실망스러운데요."

소름끼치도록 냉담한 말투였다.

"게다가 당신은 저보다 저 어린 녀석을…… 아, 이거 실례."

그가 짐짓 어색하게 웃으며 말을 고쳤다.

"자팔 전하를 선택하지 않았나요?"

제이는 허리에 차고 있던 주머니에서 명함과 펜을 꺼내 무언가를 쓰기 시작했다.

"비행기 정비 문제로 전하는 오늘 밤 이곳 호텔에 머무르실 예정입니다. 재미도 없고 감동도 없는 오해로 두 사람이 헤어진다는 게 영 마음에 들지 않네요. 당신은 평생 족쇄에 묶여 갇혀 살아야 하는데 말이죠."

그는 살벌한 말과는 달리 빙그레 웃으며 명함을 내밀었다.

제이의 명함이었다. 공란에는 아랍어가 쓰여 있었다.

"이게 뭐예요?"

"마법의 카드입니다. 당신은 일반인에 지나지 않아요. 일국의 왕자를 뵐 입장이 못 되지요"

"내가 왜…… 그 녀석을 만나러 가야 하는데요?"

케이가 뚱한 얼굴로 묻자 제이는 한숨을 쉬며 중얼거렸다.

"보고 싶으면서."

"누, 누가요! 그렇게 못돼 처먹은 왕자는 두 번 다시 보고 싶지 않아요!!"

억지를 피우고 있다는 것을 안다는 듯 제이의 눈매가 살짝 부드러워졌다.

"이런 말을 하는 건 몹시 자존심 상하는 일이지만……. 케이, 침대에서 당신은 자팔 왕자만 찾았어요. 자팔, 자팔, 입이 닳도록 자팔 전하의 이름을 부른 게 대체 누구였을까요?"

"그, 그건……."

폐부를 찌르는 지적에 케이는 얼굴이 화끈해졌다.

"아무튼 그 녀석과는 할 말이 없어요. 한 방 날리고 오라면 모를까······."

"그럼 가서 한 방 날려요."

제이는 케이의 손에 억지로 명함을 쥐어주고 호텔 이름을 알려주었다.

케이는 미간을 잔뜩 찌푸리고 명함을 쳐다보다가 이윽고 성큼성큼 걸어가기 시작했다.

집으로 돌아가려는 듯한 그 걸음은 차츰차츰 빨라졌다.

어디로 가는지, 어디로 가야 하는지는 모른다.

그러나 걷는 동안 케이의 머릿속이 명확해졌다. 안개가 걷히듯, 여명이 떠올라 물안개 자욱한 호수 위를 비추듯, 모든 것이 선명해졌다.

점점 속도를 더하는 그의 다리가 어느덧 달음박질을 치고 있었다.

"이제 됐지요?"

뒤에 남은 제이의 옆에 남색 정장을 입은 아랍 여성이 서 있었다.

케이에게 여권과 함께 자팔의 말을 전해준 시녀였다.

"협조해 주셔서 감사합니다. 외무대신인 아버님께 당신에 대한 처벌을 되도록 가볍게 해달라고 말씀드리겠습니다."

"되도록 가볍게? 하긴, 그렇게 나를 원망하던 당신이 이만큼 양보한 것도 대단한 거니까요."

"자팔 전하는 저희의 태양이십니다. 하지만 아직 왕은 아

니시죠. 사랑을 모르는 남자가 좋은 왕이 될 거라고는 생각하지 않습니다."

"엄격하시군요."

제이는 고개를 절레절레 흔들며 웃었다.

"그저 복종만 해서는 전하의 '교육 담당' 역할을 해낼 수 없어요."

그녀도 한숨 섞인 얼굴로 웃었다.

"그분이 케이님을 거부하는 것도 나쁘지는 않아요. 사랑의 아픔도 좋은 인생 경험이니까요. 선택은 어디까지나 그분의 몫이죠."

"저도 케이한테 차인 상처가 깊은데요."

"저는 어디까지나 왕자님 편이랍니다."

쯧쯧, 왕이 될 자는 헤아리기 어려울 만큼 무수한 말을 쥐고 있는 모양이군.

제이는 혀를 차며 가볍게 한숨을 쉬었다.

"솔직히 저는 이 상황이 우습기 짝이 없군요. 두 사람 모두 본인이 버림받았다고 생각하잖아요."

"원래 그런 아슬아슬한 어긋남이 사랑의 묘미 아니던가요?"

끝으로 한 마디씩 주고받으며 두 사람은 사심없이 웃었다.

14화

이미 후회하고 있어

공항에서 바로 이어진 호텔 로비에는 트렁크나 보스턴백을 든 사람들이 분주히 오가고 있었다.

케이는 로비 한가운데에서 어정쩡하게 서 있었다.

제이의 말을 듣고 참을 수 없어 달려오긴 했지만, 그의 말마따나 케이는 지극히 평범한 사람에 지나지 않는다.

그런 그가 무슨 수로 일국의 왕자를 만난단 말인가.

설사 만난다 해도 무슨 얼굴로 그를 봐야 할지, 뒤늦게 마음이 복잡해졌다.

그를 만난다 해도 딱히 할 말도 없었다.

케이는 일방적으로 자팔에게 휘둘리다가 여기까지 왔다.

그를 용서할 마음은 조금도 없었다.

조금도…….

불과 몇 분 전에 홀연히 나타났던 자팔은 그사이 다른 사람이 된 것처럼 초췌해 보였다.

자신감과 자긍심이 하늘을 찌르던 그가 왜 그렇게 처연한 표정을 짓고 있었는지 신경이 쓰였다.

「그럼 가서 한 방 날려요.」

제이의 말이 섬광처럼 내리쳤다.

그렇다. 케이는 언제나 그의 얼굴을 대차게 한 방 날려주고 싶었다. 알고 있는 모든 욕을 퍼부으며 평생 갈 상처를 안겨주고 싶었다.

그런데 그는 이미 세상에서 가장 불행한 남자 같은 표정을 짓고 있었다. 그런 자팔을 상대로 욕이라도 한 마디 할 수 있을지 케이는 의문스러웠다.

그는 얼른 고개를 흔들었다. 여기까지 와서 약해지면 안된다.

마음 단단히 먹자…….

일단 그를 만나서 이 불쑥불쑥 솟구치는 짜증을 해소해야한다.

느닷없이 나타나 용서하란 말 한 마디 던진다고 모든 게 끝이 아니라는 걸 깨닫게 해줘야 한다.

케이는 무작정 엘리베이터로 걸어갔다.

그곳에는 민족의상을 입은 아랍 남성 두 사람이 삼엄한 얼굴로 나란히 서 있었다.

낯익은 복장이었다.

케이는 그들에게 다가가 영어로 자팔을 만나고 싶다고 말한 후 여권을 보여주었다.

남자는 여권은 쳐다보지도 않고 그에게 귀찮게 하지 말라는 듯 손을 휘저었다.

「마법의 카드입니다.」

문득 제이가 했던 말이 떠올랐다.

케이는 그가 주었던 명함을 꺼내 아랍인들에게 보여주었다.

그들은 명함을 보자 눈을 휘둥그렇게 떴다.

"안내해 드리겠습니다. 따라오시죠."

그들은 케이의 여권을 돌려주며 공손하게 예를 갖추었다.

엘리베이터 문이 열리자 한 사람이 먼저 올라타 케이를 안내했다.

케이는 얼떨결에 그를 따라 엘리베이터에 올랐다.

'정말 마법 같네……. 그나저나 제이는 명함에다가 뭐라고 쓴 걸까?

십일 층에 도착하자 아랍인이 엘리베이터에서 내렸다. 어둑어둑한 복도에는 다른 아랍 남자들이 몇 명 보초를 서고 있었다.

케이를 안내해 준 남자가 그들에게 아랍어로 몇 마디 건네자 그들 모두 케이를 향해 절도 있게 예를 갖추었다.

구세주라도 나타난 양 구는 그들의 태도가 케이는 영 불편했다.

"좀 전에는 무례했습니다."

"아, 아니에요……."

남자는 앞서 걸으며 유창한 영어로 말했다.

왕자를 한 방 먹여줄 마음으로 이곳에 닥친 터라 그들이 지나치게 정중한 태도를 보이는 것에 뒷덜미가 따끔따끔해졌다.

복도 끝 방에 도착하자 '슈페리어 스위트룸'이라는 팻말이 눈에 띄었다.

남자는 들고 있던 명함을 케이에게 돌려주고는 가슴에 손을 얹고 바닥에 무릎을 꿇고 앉았다.

"부디 자팔 전하께 자비를……."

케이는 뜻밖의 상황에 어리둥절했다.

자팔의 침실에서 시녀도 같은 말을 했었다.

케이는 미심쩍은 눈으로 제이의 명함을 쏘아보았다.

대체 무슨 마법을 걸어놨기에 사람들이 저러는 걸까.

남자는 무릎을 펴고 일어나 조심스레 노크를 한 뒤 문을 열었다.

케이가 방으로 들어가자 뒤에서 문이 닫혔다.

널찍한 거실 창가에는 검은 수트를 입은 자팔이 등을 돌리고 서 있었다.

심장이 제자리 뛰기를 하더니 파열할 것처럼 질주했다.

그는 물끄러미 창밖을 응시하며 아랍어로 몇 마디 중얼거렸다. 아직 누가 들어온지 알지 못한 것이다.

희미한 음성이었다. 분명히 창밖을 보고 있는데도 그의 눈에는 아무것도 전해지지 않고 있다는 게 등 뒤로도 느껴졌다.

"……자팔."

케이가 속삭이듯 그의 이름을 부르자 자팔이 흠칫하며 고개를 돌렸다.

공항에서 보았던 초췌한 얼굴에 서서히 불쾌함이 퍼져 나갔다.

"네가 왜 여기 있어?"

"제이가 말해줬어. 밑에 있던 사람들이 이곳에 데려다주었고."

케이가 대답하자 자팔은 인상을 구기며 고개를 홱 돌려 버렸다.

그는 이성을 되찾기 위해 호흡을 골랐다.

"좋아, 마침 잘됐어. 여권에 기입된 주소로 뭘 좀 보내려던 참이었거든."

자팔이 무뚝뚝한 목소리로 말하며 탁자 위로 시선을 보냈다.

케이는 탁자 위에 놓인 두 개의 상자 중 하나를 집어 들었다.

상자 안에는 각각 DSLR과 망원 렌즈가 들어 있었다.

렌즈 하나만 해도 경자동차 한 대 값을 훌쩍 넘어가는 고가품이었다.

"네가 가지고 있던 카메라에는 사막의 모래가 쥐약이라고 하더군. 망가뜨려서 미안했다. 사죄하는 의미로 준비했어."

사무적인 말투였다.

상자 안에 든 카메라와 렌즈는 사진에 대해 조금이라도 아는 사람이면 누구나 한 번쯤 꿈꿔보는 명품들이었다.

두 개를 번갈아 쳐다보는 케이의 머릿속에 대략적인 가격이 떠올랐다.

그러나 두 숫자는 순식간에 사라졌다.

가슴 안쪽에서 열점을 넘긴 분노가 폭발하며 어느새 양손이 부들부들 떨리고 있었다.

찰나의 순간이었지만 돈 생각을 한 자신에게 진심으로 화가 났다.

케이는 피가 역류하는 것을 느끼며 망원 렌즈 상자를 집어

들고 자팔을 향해 냅다 집어던졌다.

그는 그것을 날렵하게 피했다.

카펫 위로 떨어진 상자 안에서 렌즈가 갈라지는 소리가 들렸다.

"뭐하는 짓이야! 일국의 왕자가 이렇게까지 하는데 뭐가 마음에 안 든다는 거야!"

"그걸 몰라서 묻냐, 멍청아!!"

케이의 고함 소리는 자팔의 굵직한 목소리를 지우고도 남았다.

"용서하라는 말만 던지고 사라지면 다 끝인 줄 알아? 이 덜 떨어진 왕자야!!"

"뭐야?! 어디서 감히!!"

자팔에게 나머지 상자도 던졌으나 그는 이번엔 그것을 피하지 않았다. 자팔은 바닥 위에 떨어진 상자를 짓이기며 저승사자처럼 케이에게 다가왔다.

케이 앞에 우뚝 서서 멱살을 잡아챈 자팔의 눈동자 안쪽에서 무언가가 출렁였다.

숨을 삼키는 두 사람 사이에 정적이 감돌았다.

먼저 고개를 돌린 건 자팔이었다.

방 안에 기묘한 공기가 감돌았다. 석양에 물들기 시작한 발코니에서 마주보고 서 있었던 그때처럼.

"미안하다고 했잖아. 뭘 더 바라는 거야."

자팔은 케이에게서 손을 떼고 다시 등을 돌렸다.

케이가 소파에 있던 쿠션을 집어던졌지만 그는 아무 반응도 보이지 않았다.

"넌 비겁해. 비겁한 데다 겁쟁이야."

"뭐라고 해도 상관없어. 그래도 내가 벌인 잘못을 부정할 만큼 어리석지는 않아."

케이의 가슴속에서 부피를 더해가던 무언가가 목구멍 바로 아래까지 압박했다.

그것은 어느덧 뜨거운 눈물로 변해 뺨을 타고 흐르기 시작했다.

"그때도 그렇고 지금도 그래! 모든 걸 나한테 떠넘길 작정이야?! 나는 피해자야! 미안하면…… 미안하면……."

소나기처럼 쏟아지는 눈물과 함께 감정이 복받쳐 더는 말이 나오지 않았다.

가슴을 들썩이며 눈을 감자 눈물이 카펫 위로 뚝뚝 떨어졌다.

"키스 정도는…… 제대로 해야지."

들릴락 말락 하는 케이의 목소리에 자팔의 심장이 작게 요동쳤다.

"케이…… 지금 이 방에서 나가줘. 안 그러면 넌 평생 후회할 거야. 평생……."

"후회라면 이미 하고 있어."

촉촉이 젖은 케이의 음성은 작지만 확신에 차 있었다.

"나는 아즈할 왕국이 좋아. 아주 오래 전부터, 있는 그대로의 모습을 존중하는 아즈할 왕국을 동경하고 또 동경했어. 게다가 난 사막을 제대로 보지도 못했는걸. 동물보호구역에도 딱 한 번, 그것도 잠깐 보고 온 게 다고……. 그런데 왜 돌아가라는 거야. 왜 그렇게 갑자기 냉정하게 구는 거냐고. 당신은 보호구역에 있는 친구들을 나한테 하나도 소개해 주지 않았잖아……. 일국의 왕자라면 손님을 즐겁게 해줄 의무가 있지 않나? 그러니까 좀 더 여기저기 데려가 줬어야지! 진짜 미안하면, 진심으로 미안하면……."

케이는 마음을 가라앉히기 위해 숨을 크게 들이마셨다.

"나를 데리고 가줘!"

그렇게 외친 순간, 자팔이 케이의 몸을 잡아당겨 으스러지도록 끌어안았다. 케이의 머리를 안고 부드러운 머리카락에 얼굴을 묻었다.

검은색 수트를 입은 그의 너른 어깨가 자잘하게 떨리고 있었다.

"너는 바보다……."

자팔이 조그맣게 속삭였다.

"기껏 놓아주었는데 제 발로 다시 걸어들어 오다니. 이젠 아무 데도 못 갈 줄 알아."

"흥. 정 떨어지면 언제든지 도망칠 거야. 나한테 미움받지

않으려면……."

케이는 말끝을 흐렸다.

그의 얼굴을 내려다보는 자팔의 촉촉한 눈동자를 보니 더 이상 말이 나오지 않았다.

새까만 속눈썹에 둘러싸인 그 눈동자는 언제나 듬직하고 자신만만했으며, 고귀하고 강렬했다.

눈빛 하나로 사람을 압도하는 신비한 힘을 가진 눈이었다.

그러나 지금 그 눈에 담겨 있는 건 오직 케이뿐이었다.

가슴을 무겁게 만들던 돌덩어리가 사라지며 서서히 안도감이 차올랐다.

지금 그의 눈앞에 서 있는 남자는 케이가 모르는 자팔이었다.

처음 사막에서 만났을 때처럼 사방이 고요해졌다. 그때도 그의 눈동자가 모든 소리를 먹어치운 것처럼 주변이 삽시간에 소리를 잃었었다.

지금은 그때의 고요함과는 달랐다.

케이의 심장이 단거리 질주를 하듯 빠르게 뛰었고 귓가에서 북소리가 들렸다.

케이는 시선을 떨어뜨렸다.

자팔의 눈을 지그시 응시하자 그 안으로 빨려들어 가는 것만 같아 더 이상 볼 수가 없었다.

"케이…… 얼굴을 들어. 나를 봐."

자팔의 음성은 지금까지 무수히 들어왔던, 강인함이 감도는 그것이었다.

"너를 안는 건 나야. 쾌락에 빠지고 현실을 잊기 전에 똑똑히 나를 봐줘. 너를 안는 건 나야."

그가 재촉해도 케이는 얼굴을 들지 못했다.

어린애처럼 질질 짜고 난 뒤라 얼굴이 엉망일 거라는 생각이 들었다.

더욱이 그의 눈을 마주보고 나면 무슨 일이 일어날지 겁이 났다.

"또 나한테만 모든 걸 말하게 하려고……?"

케이는 고집을 피우며 자팔의 품에 얼굴을 묻었다.

"……빨리 해."

15화
이어지는 말

"하…… 아……."

질식할 것처럼 기나긴 키스가 이어졌다. 케이는 고개를 돌리려다가 다시 자팔에게 붙들렸다.

그가 혀를 휘감아 가열하게 빨아들이자 다리에서 힘이 빠지며 머리가 어찔해졌다.

"케이……."

입술이 닿을 만큼 가까운 거리에서 자팔이 그의 이름을 속삭이자 귓가를 애무하는 듯한 착각이 들었다.

그가 갑자기 테이블 위에 세팅되어 있던 찻잔, 과일 접시, 크리스털 물병을 거칠게 쓸어버렸다.

양쪽 팔을 잡힌 케이는 순식간에 그 테이블 위에 눕혀졌다.

무지막지하게 행동하는 그를 보며 케이는 그가 자신보다 정말 세 살이나 어린 게 맞는지 새삼 의문스러워졌다.

그러나 그를 내려다보는 자팔의 눈은 진심이었다.

한 치의 흔들림도 없는 그의 눈길에 문득 민망해진 케이는 저도 모르게 시선을 돌려 버렸다.

"바로 옆이 침실인데……."

떨리는 목소리로 속삭이자 자팔이 싱글거리며 말했다.

"네가 먼저 침실로 날 유혹할 줄은 생각도 못해봤는데."

놀리는 듯한 그의 말에 케이는 토라진 얼굴로 그의 가슴을 툭툭 쳤다.

자팔은 그의 손을 잡아 손등에 입을 맞추며 손가락 끝을 혀로 핥았다.

손가락을 휘감는 자팔의 입이 관능적으로 호선을 그렸다.

케이의 몸에 불이 붙은 것처럼 체온이 상승했다.

케이는 옷 위로 자신의 가슴에 자리한 돌기를 쓰다듬었다.

"여기, 제이가 만졌던 곳이야."

얼굴을 돌린 채 그렇게 속삭이자 자팔은 난폭하게 케이의 셔츠를 찢어버렸다.

단추가 뜯어져 케이의 뺨에 튕겨지며 허공으로 날아갔다.

"여기?"

"앗……! 으응……."

자팔이 훤히 드러난 붉은 알갱이를 쥐자 케이의 허리가 튀어올랐다.

자팔은 손가락에 힘을 더해 알갱이를 누르고, 손톱으로 긁었다.

그럴 때마다 달콤한 진동이 목덜미를 타고 뇌로 전해졌고 심장은 격렬하게 질주했다.

지극히 단순한 자극에 케이는 더 깊은 쾌락을 갈구하기 시작했다.

자팔은 허리를 구부려 케이의 가슴에 얼굴을 묻고 예민해진 돌기를 혀로 살살 달랬다.

"흐…… 읍……!"

강렬하게 빨아 당기는가 하면 짓궂게 지분거리다가 애타게 깨물기도 했다.

케이의 입에서 절로 교성이 흘러나왔다.

예민한 부위가 짓이겨질 때마다 하복부에서 뜨거운 열기가 울컥울컥 부피를 더해갔다.

자팔은 혀의 감촉을 케이의 몸에 새겨 넣으려고 작정한 사람처럼 집요하게 굴었다.

한쪽 돌기를 빙글빙글 돌리던 그의 손을 잡은 케이는 부끄러움과 욕망의 사이에서 분투하면서도 그 손을 자신의 중심부로 가져갔다.

"여기도 만졌어……."

자팔은 케이의 바지를 속옷과 함께 쑥 벗겼다.

벌써 우람하게 형태를 갖춘 케이의 중심부가 미끌미끌하게 젖어들었다.

자팔은 뿌리 부분에 입술을 내렸다. 그 뒷부분에 입을 맞추다가 총구에 입술이 닿자 양쪽으로 갈라진 틈새를 맛있게 핥았다.

"하아……! 아아……!"

"무슨 짓을 당했는지 말해. 내가 깨끗이 잊게 해줄게."

혀끝이 그곳을 파고들자 케이의 다리가 용수철처럼 튀어올랐다.

그 모습을 보며 자팔은 더욱 예리하게 혀를 움직였다.

"모두, 잊, 었어……."

케이는 숨넘어가는 소리로 간신히 대답했다.

그러나 지금까지와는 달리 자팔의 까만 눈동자를 외면하지 않았다.

"내 몸에 남은 기억은 당신뿐이야……."

순간, 자팔은 놀랍다는 얼굴로 눈을 크게 떴다.

케이를 응시하는 그의 눈이 가느다랗게 변했다. 숱 많은 까만 눈썹이 파르르 떨렸다.

"케이…… 너……."

자팔은 감정이 벅차오르는 얼굴로 케이의 몸을 덮으며 입술을 내렸다.

혀를 찾아 말아올리고 각도를 바꾸며 더 깊이 더 깊이 케이를 빨아당겼다.

"흐읍⋯⋯!"

자팔은 머리를 들고 손가락에 침을 묻힌 뒤 성마르게 케이의 몸속으로 침입했다.

"하윽⋯⋯! 자팔⋯⋯!"

"하아⋯⋯ 케이, 어서 너와 하나가 되고 싶어."

자팔의 습한 속삭임에 케이는 그가 가르쳐 주었던 쾌감을 떠올렸다. 등줄기가 화끈해졌다.

자팔의 손가락이 비좁은 내부를 조금씩 조금씩 늘려갔다.

"손가락 말고⋯⋯ 더⋯⋯."

케이가 떨리는 손으로 자팔의 벨트에 손을 올렸다. 자팔은 케이의 손을 밀어내고 스스로 지퍼를 내려 불붙은 자신의 분신을 꺼냈다.

"힘 빼."

그 말과 동시에 손가락이 쑥 빠지고 그것과 비교가 안 될 만큼 뜨겁고 딱딱하고 거대한 기둥이 찔러 들어왔다.

"아아악⋯⋯!"

충분히 벌어지지 않은 구멍은 케이에게 쾌락에 앞서 고통을 안겼다.

자팔은 케이의 몸을 덮은 채 한참 동안 움직이지 않았다.

뺨과 머리카락에 입을 맞추며 케이의 몸이 안정을 찾을 때까지 기다렸다.

고통에 몸을 움츠렸던 케이는 몸속을 꿰뚫고 들어온 불기둥이 그곳에서 생생하게 맥박 치는 느낌을 천천히 음미했다.

케이는 자팔의 등 뒤로 팔을 두르고 오른손으로 그의 머리카락을 묶은 리본을 풀었다.

윤기 흐르는 흑발이 어깨로 흘러내려 갈색 뺨에 닿았다.

"역시… 이게 훨씬 더 잘 어울리는데… 수트는 왜……? 평소 입는 까만 옷이 더……"

케이의 물음에 자팔이 양손으로 테이블 위를 짚고 상체를 벌떡 일으켰다.

강렬한 빛을 뿜어내는 그의 눈동자가 기대에 찬 눈빛으로 케이를 들여다보았다.

"까만 옷이 뭐?"

자팔이 뒷말을 재촉하자 케이는 얼결에 그의 시선을 피하고 말았다.

머릿속으로 생각했던 말이 무심코 입 밖으로 나가 버렸다. 어찌나 부끄러운지 코와 귀에서 뜨거운 김이 훅훅 빠져나오는 것 같았다.

"까만 옷이 뭐? 빨리 말해!"

다급하게 묻는 그의 말끝이 갈라졌다.

케이가 고개를 테이블 쪽으로 돌리자 상판이 뜨거운 입김에 닿아 습기를 머금었다.

"빨리…… 움직여……."

자팔은 케이의 엉덩이를 양손으로 움켜쥐고 세차게 허리를 밀어붙였다.

"아! 아! 잠깐 기다려……!"

"못 기다려! 이제 와서 어떻게 기다리라고!"

땅속을 파고드는 굴착기처럼 자팔의 분신이 몸 안으로 파고들 때마다 전류 같은 자극이 온몸으로 퍼져 나갔다.

살이 부딪치는 소리에 더해 테이블이 덜컹거리는 소리가 어우러져 두 사람의 귓가를 울렸다.

"하아! 자팔!! 아흑……!"

무자비하게 던져지는 통증은 이내 쾌락으로 바뀌어 케이의 이성을 앗아가고 있었다.

"하으윽! ……좋아! 자팔…… 너무 좋아!"

자팔이 허리를 뒤로 후퇴했다가 다시 돌진하는 그 작은 틈도 안타깝다는 듯 케이의 몸 내벽이 쫀쫀하게 수축했다.

자팔은 여유를 잃고 눈썹을 찡그렸다.

"자팔! 자파…… 하아……!"

자팔의 몸이 한계지점까지 밀고 들어가 몸부림을 치자 케이는 이성을 놓을 것처럼 세차게 고개를 흔들었다.

바로 그 움직임이 케이에게 있어 최대의 약점이자, 더할 나위 없는 쾌감을 준다는 걸 자팔은 이미 알고 있었다.

"거기! 하윽…… 안 돼!"

몸이 허공으로 둥실 떠오르는 것 같은 감각에 이어 케이의 몸에서 열기가 터져 나왔다.

그와 거의 동시에 자팔은 케이의 몸 안에 뜨끈한 물보라를 흩뿌렸다.

축 늘어진 케이의 몸 위로 자팔이 무너져 내렸다.

마주한 두 가슴이 서로를 향해 격렬하게 오르내렸다.

"케이…… 아까 하던 말 계속해 봐."

진지한 부탁에도 케이는 입을 열지 않았다.

실은 숨을 몰아쉬느라 무슨 말을 할 여유가 없었다.

케이는 말없이 자팔의 목덜미에 팔을 둘렀다.

이대로 있어줘, 라고 속삭인 것 같았다. 너무 작아서 잘못 들었나 싶기도 했다.

자팔은 케이의 무릎 뒤로 팔을 감고 여전히 하나로 이어진 상태로 케이의 몸을 들어 올렸다.

"아앗……!"

몸을 비틀며 케이는 비명을 질렀다.

자팔의 몸이 믿겨지지 않을 만큼 깊이 들어와 색다른 각도로 내부를 자극했다.

"이게 끝이라고 생각하지 마. 이제부터는 네 소원대로 침대에서 안아줄 테니까."

자팔은 케이의 몸을 번쩍 들고 침실로 향했다. 케이는 필사적으로 자팔의 목에 매달렸다. 한 발 한 발 내디딜 때마다 아직도 장한 기운을 발산하는 자팔의 분신이 케이의 내벽을 쿡쿡 찔렀다.

침대에 눕는 사이 잠시 뒤로 빠졌던 자팔의 몸이 다시 기운차게 찔러 들어오자 온몸에 소름이 돋았다.

자팔은 수트 재킷을 벗고 넥타이를 풀어버린 후 와이셔츠까지 벗어던졌다.

전에 욕실에서 봤던 날렵한 갈색 몸에 케이의 시선이 못 박혔다.

"내 까만 옷이 어쨌다는 건지 빨리 말하라니까."

"벼…… 별로 중요한 얘기 아니야!"

자팔은 사납게 케이의 다리를 벌리고 그곳에 얼굴을 묻었다.

방금 사정을 끝낸 민감한 부위를 혀로 쓸어내리며 단단한 중지로 꽃망울을 희롱했다.

갈고리 모양으로 굽은 손가락이 전립선을 건드리자 중심부가 꿈틀하며 다시 고개를 쳐들었다.

"하아아……!"

정상에 오른 지 얼마 되지도 않았는데 또다시 사정감이 들었다.

열 덩어리가 몸 안쪽에서 부글부글 끓다가 바깥으로 펑 터질 것 같은 느낌이랄까.

"자팔······! 그마아안······!"

"계속하라는 거지?"

얼굴을 든 자팔의 눈에는 희열과 기대감이 뒤섞여 있었다.

그 눈을 본 순간 케이는 수줍은 마음에 시선을 돌리며 속삭였다.

"어서······ 다시 넣어줘······."

감정이 고양되어 케이의 목소리가 탁하게 울렸다.

"젠장······."

자팔은 나직하게 욕설을 퍼부으며 그사이 더욱 장대해진 물건을 꽃망울 안으로 박아 넣었다.

"헉! 허억! 자팔······!"

케이가 극도의 쾌감을 토해내며 자팔의 이름을 부를 때마다 그의 미간이 움찔거렸다.

완전히 케이의 페이스에 말리고 있다는 느낌에 살짝 언짢았다. 그런데도 가슴이 벅차오르는 이유는 뭘까······.

"아! 앗! 자팔······! 더······ 더 깊이······!"

물기 어린 눈으로 더, 더! 를 외치는 케이의 애원에 이끌려 자팔은 몸을 움직이고 입을 맞췄다.

허리를 깊숙이 내밀어 케이가 좋아하는 방향으로 움직였다.

"으읏! 하앗······!"

케이는 숨넘어가는 소리를 내지르며 땀으로 흥건한 자팔

의 팔을 부여잡았다.

자팔의 몸이 막다른 골목에 다다라 몸부림을 치자 케이의
입에서 희미하게 새어 나오던 소리가 비명으로 돌변했다.

"학! 하아악!"

다시 한 번 절정을 맞이한 케이는 완전히 기운이 빠져 양
손을 침대 위로 툭 떨어뜨렸다.

자팔은 거칠게 숨을 몰아쉬며 케이의 뺨을 손가락으로 쓰
다듬었다.

사랑이 가득한 얼굴로 케이의 몸을 끌어안고 머리카락에
입을 맞추었다.

아직도 그의 몸속에 박혀 있는 자팔의 뿌리는 여전히 뜨거
운 입김을 뿜어내는 중이었다.

"자팔, 아직……."

뒤늦게 그것을 깨달은 케이가 중얼거렸다. 자팔은 조용히
허리를 움직여 그의 몸 밖으로 빠져나왔다.

케이는 황급히 자팔의 등 뒤에 팔을 둘러 그가 빠져나가는
것을 막았다.

"케이……."

"몇 번이든 좋아. 자팔이 만족할 때까지……."

케이는 탄탄한 자팔의 팔에 뺨을 비볐다.

우툴두툴한 상흔이 남아 있는 곳이었다.

"넌…… 바보다."

"알아……."

케이의 자극에 다시 정열적인 정사를 이어가며 두 사람은 또다시 낙원으로 빨려들어 갔다.

16화
첫사랑

"케이, 일어나! 일어나라니까!"

정신이 확 들 정도로 어깨가 흔들리는 바람에 케이는 억지로 잠에서 깨어났다.

머릿속이 혼미해서 여기가 어딘지 분간이 가지 않았다.

케이는 알몸으로 베개를 끌어안고 엎드려 자고 있었다. 천국에 온 것처럼 편안한 침대였다.

눈을 떠보니 자팔이 검은색 민족의상을 입고 서 있었다.

뭘까……? 일본에 돌아온 건 꿈이었나……?

머릿속이 빙글빙글 돌았다.

"케이, 그만 일어나!"

귀 따갑게 소리를 지르는 자팔의 음성을 들으며 케이는 멍하니 그를 올려다보았다.

꿈이 아니다. 케이는 자팔을 만나러 이 호텔에 달려왔고 불꽃 튀는 사랑을 나누었다.

심지어 케이가 먼저 애가 닳아 그에게 매달렸다.

몇 번이나…….

어제 있었던 일들이 새록새록 떠오르자 부끄러워서 차마 고개를 들 수가 없었다.

바락바락 대들며 반항할 땐 언제고 뒤늦게 매달린 꼴이 아닌가. 무슨 얼굴로 자팔을 대해야 할지 몰라 케이는 시트에 얼굴을 파묻었다.

케이를 내려다보며 자팔은 떨떠름한 표정을 지었다.

"케이."

"왜. 아까부터 되게 시끄럽네."

케이는 부끄러운 마음을 감추려고 일부러 퉁명스럽게 대답했다.

그나저나 모처럼 잡지에나 나올 만한 수트를 빼입어놓고 왜 다시 민족의상으로 갈아입은 걸까?

"동감이다. 이 옷이 대체 뭐 어쨌다는 거야? 왜 말을 안 하냐고."

자팔은 보란 듯이 어깨를 쭉 펴더니 허리에 손을 얹고 두건의 주름을 정돈했다.

케이는 입맛이 씁쓸해져 휙 돌아 누워버렸다.

"말 좀 해봐. 내가 평소 입는 까만 옷이 뭐 어쨌다고!"

"아, 아무것도 아니야."

"말 꺼낸 건 너잖아. 섹시한 목소리로 중얼거린 거 분명히 들었어."

"세, 섹시?!"

억울한 마음에 벌떡 일어나 외치자 자팔은 침대 가장자리에 걸터앉아 케이의 얼굴을 들여다보았다.

"말해줘."

케이는 뺨을 붉히며 고개를 숙였다.

자팔은 그제야 포기한 듯 크게 숨을 내쉬며 손을 들었다.

"수트가 나한테 안 어울렸어?"

"그게 아니라……."

"기껏 준비해서 입은 건데."

자팔이 머리를 긁적이며 말했다.

"네 취향에 맞을 만한 옷을 가져오랬더니 나한테 있는 것들은 죄다 유행이 지났다고 하잖아. 시간은 촉박하고 마음은 급해서 결국 비행기에 장인들을 몇 잡아다 놓고 겨우 만들어 낸 거란 말이야."

"내 취향? 내 취향이 뭔데?"

상상을 초월하는 자팔의 스케일에 케이는 어안이 벙벙해 졌다.

"수트 차림에 머리 묶은 사람이 네 취향 아니냐?"

"……밑도 끝도 없이 뭔 소리래."

"허구한 날 제이, 제이, 노래를 불러놓고 이제 와서 시치미 뗀다……."

고개를 살짝 숙인 채 투덜거리는 자팔을 보며 케이는 웃음을 터뜨렸다.

"뭐, 뭐야! 왕자님께서 진지하게 말씀하시는데 무례하다!"

자팔이 발끈하며 외쳤다.

"나는 남의 취향에 맞춰본 적이 단 한 번도 없어! 고맙게 생각해!"

케이는 긴장을 풀고 침대 등받이에 등을 기댔다. 쿠션에 푹 파묻히는 기분 좋은 감촉을 음미하며 자팔을 응시했다.

"상대의 취향에 맞춰본 적이 없다……. 인기 많아서 좋겠네. 과연 왕자님이셔."

한껏 빈정거린 건데도 자팔은 어리둥절해하기만 했다. 그 와중에도 애써 쌀쌀맞은 표정을 짓는 걸 보니 슬그머니 웃음이 나왔다.

"당연하지. 주변에서 준비해 준 여자를 의무적으로 상대해 왔으니까. 그녀들이 보는 건 어차피 내가 아니라 내 지위일 테니 굳이 맞춰줄 이유가 없지."

"의무적이라……. 기왕이면 원하는 스타일로 주문하지 그랬어. 왕자님이신데."

"그럴 틈이 어디 있나. 열세 살부터 공무나 마찬가지로 이행해 온 일인데. 의무 그 이상도 이하도 아니었어."

자팔은 딱 잘라 말했다.

"그럼 첫사랑도 못 해봤겠네?"

케이의 말에 자팔은 고개를 슥 돌리더니 입을 닫아버렸다. 잠시 후 케이의 눈을 응시하며 천천히 대답했다.

"간절히 안고 싶다고 생각한 건 네가 처음이야."

그는 케이의 뺨을 쓸어내리며 입술을 매만졌다.

"입맞춤에 의미가 있다는 걸 깨달은 것도 네 덕분이고."

꿈결 같은 말이었다. 자팔의 입술이 케이의 입술에 닿았다.

감히 꿈도 꿔보지 못한 대답에 케이는 행복을 느끼며 눈을 감았다.

"자, 이제 아까 하던 말 마무리해야지?"

귓속으로 흘러들어 오는 달달한 속삭임에 케이는 안고 있던 베개에 얼굴을 묻었다.

평소의 네가 제일 근사하다는 말은, 입이 찢어져도 못한다.

"좋아. 시간은 많으니까 천천히 듣도록 하지."

자팔은 자리에서 일어나 단호하게 말했다. 어제 보았던 음울한 기운은 이제 한 조각도 남아 있지 않았다.

"고분고분한 케이는 내가 아는 케이가 아니기도 하고. 열흘. 열흘의 시간을 주지. 열흘 후에 집으로 사람을 보낼 거야. 그때까지 이곳에서의 생활을 모두 정리하도록 해."

케이는 베개에 얼굴을 묻은 채 아무 대답도 하지 않았다.

"케이! 내 말 들었어? 설마 이제 와서 뒤로 빼는 건 아니지?"

자팔이 불안한 음성으로 케이를 추궁했다.

"아, 알았어! 자꾸 같은 말 하게 하지 마!"

이내 만족한 얼굴로 자팔은 고개를 한 번 끄덕였다.

열흘까지 시간을 주겠다고는 하지만 사실 열흘까지도 필요 없었다.

부모님 집에서 나와 벌써 칠 년이나 혼자 살아온 터라 변변히 챙길 짐도 없었다.

그간 편의점에서 알바를 하며 생계를 유지해 왔으니 사직서를 내고 승인을 기다릴 일도 없다. 일할 사람은 차고 넘치니 후임도 금방 나타날 것이다.

출사실도 간간히 용돈벌이로 하던 일이라 당분간 일하기 어려울 거라는 연락이나 하나 넣어주면 그만이다. 생각해 보니 자신이 지금 당장 사라져도 아쉬워할 사람이 한 명도 없는 것 같아 오히려 서운하기까지 했다.

면접을 봤던 동물병원이나 연구시설에서도 대부분 정원이 다 찼다는 통지를 받은 상태였다.

"아즈할에 가면 내 친구들을 모두 소개해 줄게."

자팔이 자랑스럽게 말했다.

케이는 베개에서 얼굴을 들고 자팔을 올려다보았다.

"자팔, 당신은 반드시 내게 감사하게 될 거야."

득의양양한 케이의 얼굴을 보고 자팔은 고개를 갸웃했다.

"무슨 소리야?"

"곧 알게 돼."

                *   *   *

열흘 후 오전 아홉 시. 현관문 벨이 울렸다.

문을 열자 낯익은 여성이 아랍 남성 두 명과 함께 서 있었다.

그녀는 케이를 보자 환하게 웃었다.

"당신을 모시러 왔습니다, 케이님. 아즈할에서 왕자님께서 기다리고 계십니다."

몇 안 되는 짐을 끌고 나가자 아랍 남자가 그것을 리무진 트렁크에 실었다.

"실은 왕자님께서 친히 오시겠다고 하시는 통에 진땀을 흘렸습니다."

아스할로 향하는 비행기 안에서 시녀가 케이 앞에 간단히 간식을 준비해 주며 왕자 얘기를 꺼냈다. 테이블 위에 홍차와 쿠키가 오밀조밀하게 차려졌다.

"그런데 밸런타인 씨가 그러면 자신도 동행하겠다고 하니까 그제야 고집을 꺾으셨답니다."

"제이가 아직 아즈할에 있나요?"

케이는 그가 영국으로 돌아갔을 거라고 지레 짐작했었다.

사실 자팔의 속을 그렇게 긁어놨으니 애저녁에 쫓겨나도 쫓겨났어야 했다.

"외교적인 문제도 있으니 그리 간단히 끝날 일이 아니지요. 처벌을 대신해 감시를 붙여 왕궁에서 여러모로 쓸모 있게 일을 시키고 있는 줄로 압니다."

시녀가 의미심장하게 웃으며 말했다.

"더구나 왕자님께서는 처음 겪는 일이니 라이벌이 있는 게 유익하겠죠."

"무슨 소린지 모르겠네요."

그녀의 말 속에 숨은 의미를 케이는 전혀 이해하지 못했다.

"케이!"

공항에 착륙해 전용기에서 내리니 뜻밖에 제이가 그를 기다리고 있었다.

케이는 반가운 얼굴로 자신의 손을 덥석 잡는 그를 야멸차게 뿌리쳐야 할지 말아야 할지 선뜻 분간이 가지 않았다.

"미스터 밸런타인! 나한테 전한 시간보다 오 분이나 일찍 도착했잖아!"

그 뒤를 이어 자팔이 흑마를 타고 질풍처럼 달려왔다.

"전하께서 잘못 들으셨겠죠. 성에서 얌전히 기다릴 것이지 왜 여기까지 나오시고 그럽니까. 채신머리없이."

"저 망할 자식을 그냥······!"

"자팔 전하!"

시녀가 나무라듯 말하자 자팔은 못마땅한 얼굴로 입을 다물고는 케이에게 다가왔다.

그는 싱긋 웃으며 말 위에서 케이에게 손을 내밀었다.

"보호구역에서 친구들이 기다리고 있어. 어서 가자."

"케이, 제가 성을 안내해 줄게요. 피곤할 테니 오늘은 우선 쉬어야지요."

"아, 어······ 그러니까······."

자팔과 제이가 동시에 손을 내미는 바람에 케이는 당황했다.

하지만 이 나라에 온 목적은 처음부터 정해져 있었다.

"저는 자팔과 함께 가야겠어요."

자팔이 내민 손을 잡고 흑마의 뒤에 오르자 자팔이 제이를 향해 거만하게 말했다.

"내가 이긴 것 같은데?"

"전하보다는 동물들이 이긴 것 같은데요."

"억지 부리기는!"

              *   *   *

날이 기울기 시작하며 작열하던 사막이 오렌지빛으로 물들어갔다.

두 사람을 태운 흑마는 사막을 가르며 바람처럼 내달렸다.

보호구역에 도착하자 케이는 두 번째로 보는 그 웅장한 광경에 숨을 삼켰다.

초원이 닿는 곳마다 무리를 이루고 있는 동물들이 조만간 닥쳐올 추운 밤을 대비하고 있었다.

말에서 내린 두 사람은 석양이 비치는 평화로운 황야를 조용히 바라보았다.

"친구들을 한번 살펴봐야겠어."

자팔을 올려다보며 케이가 말하자 그는 다소 의아하다는 표정을 지었다.

"실은 내가 대학에서 수의학을 전공했거든. 당신 친구들을 돌볼 수 있을 거야."

"케이, 수의사였어?"

케이의 고백에 자팔은 놀라움을 감추지 못했다.

"그래서 당신이나 제이의 팔에 난 상처를 보고 금방 알아봤지."

"먼저 소개해 주고 싶은 분이 계셔."

자팔은 자기가 쓰고 있던 두건과 머리띠를 풀어 케이의 머리에 씌워주었다.

"돌려주지 않아도 돼. 이제 네 거야."

광산 옆에 있는 오아시스까지 가자 그곳에 한 노인이 앉아 있었다.

보호구역을 돌보는 수의사라고 자팔이 간단히 소개해 주었다.

케이가 자기소개를 하자 노인은 일본의 높은 기술을 칭송하며 반갑게 맞아주었다.

"저기…… 궁금한 게 있는데요."

자팔이 잠시 자리를 비운 사이 케이는 수의사 노인에게 종이 한 장을 꺼내 건넸다.

공항에서 제이가 준 '마법의 카드'였다.

"제가 아랍어를 몰라서 그러는데요, 거기 뭐라고 쓰여 있나요?"

그는 주머니에서 돋보기안경을 꺼내 걸치고는 명함을 들여다보았다.

노인의 얼굴에 서서히 웃음이 번졌다.

"'명함을 가진 분을 정중히 모셔요.'"

"네?"

"'전하의 첫사랑을 방해하고 싶지 않으면'……."

그는 함박웃음을 지으며 명함을 케이에게 돌려주었다.

"케이 씨, 아즈할 왕국에 오신 걸 환영합니다. 국민들도 동물들도 모두 당신을 환영해요."

케이는 사막 한가운데 자리한 초원을 바라보았다.

그곳에는 정열적인 석양을 한 몸에 받는 왕자가 친구들과
어우러져 환한 미소를 짓고 있었다.

『칠흑의 프린스』 완결

애절함과 자극이 있는 사랑의 여러 가지 형태.
국내 첫 전자책 관능로맨스 레이블

아인^{AIN} Fin^{for Female Illust Novel}

매월 15일, 각종 전자책 사이트에서 발간!

형의 여자
금단의 사랑

왕 선생의 치료실
당신을 여자로 만들어 드립니다

꽃미남 구르메
두근두근 먹거리 기행

아가씨 메뉴얼
S계 집사의 아가씨 교육법

아인-핀 프리미엄 시리즈　엄선된 관능로맨스 작품이 매월 10일 단행본 발간!

애절함과 자극이 있는 사랑의 여러 가지 형태.
국내 첫 전자책 관능로맨스 레이블

매월 15일, 각종 전자책 사이트에서 발간!

욕망의 애드리브
흐트러진
러브신

나카시마 지로 글 | 히메츠카 시나 그림
김산우 옮김

오랫동안 배우를 꿈꿔 온 카즈이(和尹)
리쿠는 에이전시 계약일, 동경해 마지않
던, 최고의 인기 배우 카미시로 나기(神
城那岐)를 만난다. 하지만 냉랭하기만
한 그의 태도에 리쿠는 금방 실망을 느

끼고, 선배라는 생각도 하기 전에 뛰어든 첫 일에서 연예계에 암암리에 존재한다는 몸으
로 하는 로비에 대해 알게 된다. 꿈과 현실 사이에서 방황하는 리쿠에게 도움을 준 것은
지금껏 냉정하기만 했던 카미시로 나기. 그의 손에 이끌려 간 그의 방에서 리쿠는…….

일본 최대 전자책 사이트 〈코믹 시모아〉 BL 부문 1위!
가슴 애절한 사랑 이야기, 나카시마 지로의 작품 첫 한국 단행본 출간!

for Remote Maid Novel

아인-핀 프리미엄 시리즈
엄선된 관능로맨스 작품이 매월 10일 단행본 발간!